www.tredition.de

AF216827

Markus Tönnishoff

Ein Herz für intersexuelle Pinguine

Neue garstige Satiren

www.tredition.de

© 2016 Markus Tönnishoff
Umschlagfoto: Markus Tönnishoff
Verlag: tredition GmbH, Hamburg

ISBN
Paperback: 978-3-7345-5240-3
Hardcover: 978-3-7345-5241-0
e-Book: 978-3-7345-5242-7

Printed in Germany

Inhalt

„Ich habe Sie nicht verstanden"

Städte und Kommunen sind nicht immer gut bei Kasse. Im Gegenteil, oft ist nur noch die Kasse da, aber der Inhalt fehlt. Die Folgen dieses Zustandes lassen dann in der Regel nicht lange auf sich warten. Manche Städte gehen überaus kreativ damit um – zum Beispiel Bremen. Zu spüren bekam das die Polizei.

Ein Messer, das war es, was ich zuerst sah, als ich eines Tages mal wieder den Kiosk meines Vertrauens aufsuchte. Das Messer befand sich in der Hand eines Mannes, der wohl gerade eine Straftat ausführte, er bedrohte nämlich meinen guten alten Freund Robert, der den Kiosk sein Eigen nannte. Ich schaute von draußen hinein und entschied, dass ein Anruf bei der Polizei jetzt vielleicht nicht die schlechteste Idee sei.

Als ich mittels meines Handys die 110 gewählt hatte, staunte ich nicht schlecht. „Herzlich willkommen bei der Polizei, wir freuen uns, dass Sie den Notruf gewählt haben. Unser Computer wird Sie durch das Programm führen. Sie befinden sich im Hauptmenü", war aus dem Hörer zu vernehmen. Ich schob das Kioskfenster auf und rief Robert zu: „Ich telefoniere gerade mit der Polizei. Wir sind schon im Hauptmenü."

„Fein."

„Wenn Sie von einem mutmaßlichen Straftäter bedroht werden, wählen Sie die 1. Möchten Sie einen Verkehrsunfall melden, wählen Sie die 2", klang es aus dem Telefon. Beherzt drückte ich die 1, und schon nach wenigen Augenblicken wurde die Hotline erneut aktiv. „Werden Sie oder eine andere Person mit einem Messer bedroht, drücken Sie die 1, wenn nicht, legen Sie einfach auf." Wieder entschied ich mich für die 1 und wurde Zeuge, wie die Hotline schnell und kompetent auf das Geschehen einging. „Ist das Messer kürzer als zwölf Zentimeter, wählen Sie die 1, ist es länger, wählen Sie die 2."

Nun war es an mir, aktiv zu werden. „Herr Täter", rief ich in den Kiosk hinein, „wie lang ist die Klinge Ihres Messers?"

„Mutmaßlicher Täter, bitte schön", belehrte mich der gute Mann und reichte mir sein Messer heraus, damit ich Maß nehmen konnte. Es war eindeutig länger als zwölf Zentimeter. Also musste ich die 2 drücken. „Das Benutzen einer so langen Klinge in der Öffentlichkeit in Verbindung mit Straftaten ist illegal. Bitte weisen Sie den mutmaßlichen Täter darauf hin." Ich tat dem mutmaßlichen Täter die Meinung der Hotline kund, woraufhin er selbstredend das Schneidewerkzeug beiseitelegte und begann, Robert zu würgen. „Er würgt", schrie ich in das Telefon. „Der mutmaßliche Täter würgt den Kioskbesitzer!"

„Ich habe Sie nicht verstanden", schallte es aus dem Hörer, während Roberts Gesichtsfarbe sich in ein kräftiges Blau verwandelte. „Er wird ganz blau, wegen des Würgens, der Mann wird ganz blau", rief ich. „Ich habe ‚Blau' verstanden. Wenn Sie blau sind, ist Ihnen das Führen von Kraftfahrzeugen jeglicher Art untersagt", informierte mich die Hotline.

„Nein, ich bin nicht blau, aber das Gesicht des Kioskbesitzers."

„Das gilt auch für Kioskbesitzer und andere Gewerbetreibende", so die Hotline.

Der mutmaßliche Täter hatte sich nun für eine neue Handlungsweise entschieden. Er verpasste Robert mehrere gut platzierte Ohrfeigen. „Er ohrfeigt. Der mutmaßliche Täter schlägt den Kioskbesitzer", rief ich ins Telefon. Die Hotline reagierte prompt: „Wenn Sie eine Schlägerei melden wollen, müssen Sie ins Untermenü ‚Andere Straftaten' wechseln. Wenn Sie wechseln wollen, sagen Sie jetzt ‚Ja'".

„Ja! Jaa!! Jaaa!", schrie ich ins Telefon.

„Ich habe ‚Nein' verstanden", war aus dem Hörer zu vernehmen.

„Jaaaaaaaaaaa!", brüllte ich. In der Nachbarschaft flogen einige Fenster auf, und die Bewohner beschwerten sich über mein Geschrei. „Wenn Sie nicht ruhig sind, rufe ich die Polizei-Hotline an und gehe sofort ins Untermenü ‚Lärmbelästigung'", war von einem Wohnungsbesitzer zu erfahren. Ein anderer jedoch, offensichtlich ein erfahrener Nutzer der Hotline, riet mir, einfach die unkomplizierte Zahlenkombination 759 Wurzel aus 13 einzugeben und dann die Rautetaste zu drücken.

„Herzlich willkommen im Menü ‚Andere Straftaten'", konnte ich nunmehr aus dem Hörer vernehmen. „Bitte fragen Sie zuerst den mutmaßlichen

Straftäter nach seinen weiteren Plänen. Plant er eine Vergewaltigung, drücken Sie die 1. Hat er etwas anderes vor, drücken Sie die 2.

„Herr mutmaßlicher Straftäter, planen Sie vielleicht eine Vergewaltigung?", rief ich in den Kiosk.

„Im Moment nicht."

Ich drückte also die 2.

„Die Situation ist ernst, aber nicht bedrohlich. Fragen sie den mutmaßlichen Täter, was er mit seiner mutmaßlichen Tat erreichen will."

„Huhu, Herr mutmaßlicher Täter, was ist das Ziel Ihres Handelns?", nahm ich erneut Kontakt auf.

„Geld, ich will Geld."

„Er will Geld", rief ich in den Hörer.

„Ich habe ‚Geld' verstanden. Möchte der mutmaßliche Täter mehr als 100 Euro, drücken Sie die 17, will er weniger, drücken Sie die Rautetaste." Ich informierte mich beim mutmaßlichen Täter und konnte erfahren, dass er mit einer Beute in Höhe von rund 80,54 Euro rechnete. Also drückte ich die Rautetaste und hörte: „Prima. Bitte weisen Sie den mutmaßlichen Täter darauf hin, dass auch Beträge unter 100 Euro steuerpflichtig sind. Sollte das Opfer mittlerweile durch das Handeln des mutmaßlichen Täters gestorben sein, finden Sie eine Liste von preisgünstigen Beerdigungsinstituten im Internet unter www.tot-aber-gluecklich.de. Bitte haben Sie Verständnis dafür, dass wir den mutmaßlichen Täter nicht persönlich verhaften können. Fordern Sie den mutmaßlichen Täter auf, sich bei einem der Polizeireviere zu melden. Die Adresse der Reviere sowie die Öffnungszeiten finden Sie ebenfalls im Internet unter www.wir-spielen-polizei.de".

Kunst in einer nie dagewesenen Dimension

Mit der Kunst ist das so eine Sache – ein Batzen Butter in einer Badewanne gilt manchem Intellektuellen als Inbegriff der künstlerischen Ausdrucksfähigkeit. Andere hingegen sehen in dem Werk einfach nur einen Batzen Butter in einer Badewanne, wobei klar sein sollte, dass es sich bei solchen Menschen nur um ungebildete Kretins handelt. Die Kunst pflegt eben ihre eigene Ausdrucksfähigkeit. Meine Freundin Nini und ich gehen auch gerne mal in eine Kunst-Ausstellung – und wir erleben dabei stets einen enormen Wissenszuwachs.

Die Galerie Johann-Alfons von Schnökenberg hatte sich einen tadellosen Ruf in der Bremer Kunstwelt erarbeitet. Eine Ausstellung mit dem Titel „Gießkannen, Motorsägen und Grottenolme – Transparenz im Modus der postkapitalistischen Intransparenz" fand im örtlichen Feuilleton große Beachtung, und auch in der überregionalen Presse vertrat man die Ansicht, dass die Galerie den Begriff „Kunst" geradezu in eine nie dagewesene Dimension katapultiert hatte. Nun wurde eine neue Ausstellung mit Gemälden und Skulpturen eröffnet: „Ovale Laubfrösche mit Spreizfußproblematik und fußkranke Nacktnasenwombats im Kubus der Moderne – der Expressionismus im Spiegel des Antagonismus vor dem Hintergrund des Zeitalters der Sublimierung". Es versteht sich von selbst, dass diese Ausstellung von Nini und meiner Wenigkeit flugs aufgesucht wurde.

Kaum, dass wir den Eingang der sagenumwogenen Galerie passiert hatten, wurde meine Aufmerksamkeit auch schon von einem hoch interessanten Objekt, welches sich nahe der Tür in eine Nische schmiegte, in Anspruch genommen. „Oh, schau", sprach ich zu Nini, „diese kräftige rote Farbe symbolisiert eine Form von Moderne, die es jedoch gleichzeitig vermag, sich derselben zu entziehen." Ich betrachtete die weißen Schriftzeichen auf dem Kunstwerk, ließ sie auf mich wirken und berührte es ehrfurchtsvoll mit der Hand. „Die Sublimierung ist geradezu spürbar", flüsterte ich. „Ja", wisperte Nini ebenfalls. „Aber das ist nur ein Feuerlöscher. Lass uns weitergehen", riet die hübscheste Frau diesseits des Universums.

Wir lenkten unsere Schritte in den ersten Ausstellungsraum und den Blick auf ein Bild, welches dort sein Dasein an der Wand fristete. Zu sehen waren diverse grüne Farbtöne, die in der Mitte zusammenflossen. Für den oberen und unteren Rand hatte der Künstler die bahnbrechende Idee gehabt, Eierkartons in das Werk zu integrieren. „Gefällt es Ihnen?", fragte uns eine Frau, die sich im Folgenden als Agathe von Schnökenberg-Tütenbier vorstellte, die Frau des Galerie-Inhabers. „Es ist fantastisch", ließ ich mich vernehmen, was mir einen merkwürdigen Seitenblick von Nini und ein Lächeln von Frau Schnökenberg-Tütenbier einbrachte, die das Werk erschaffen hatte. „Ich habe drei Jahre mit der Auswahl der

Eierkartons zugebracht", verriet sie uns. „Schließlich konnte ich nur solche verwenden, in denen nachweislich und über einen Zeitraum von 45 Monaten freilaufende Eier von ebenfalls freilaufenden Hühnern untergebracht worden waren. Die Sublimierung des Huhns unter Einbeziehung der Selbstreferenzialität im Spiegel des Strukturkonventialismus war mir schon immer extrem wichtig – auch in der Peripherie der Simplifizierung", informierte uns die göttliche Künstlerin.

„Das ist hochinteressant", hörte ich mich sagen. „Gilt die Simplifizierung auch für die Eierkartons?"

„Simplifizierungen sind gerade unter eierkartonspezifischen Gesichtspunkten sehr umstritten", entgegnete Göttin Schnökenberg-Tütenbier lakonisch und führte uns zu einem weiteren Werk, das zuvor in ihrem genialen Gehirn herangereift war. Bei seinem Anblick weiteten sich Ninis Augen und nahmen tellergroße Ausmaße an. Das Kunstwerk, welches diese erstaunliche Reaktion hervorgerufen hatte, bestand aus einer pinkfarbenen Zinkwanne, in der ein auf den Kopf gestelltes Herrenfahrrad einbetoniert worden war. Ich sank auf die Knie.

„Das Werk zeigt, dass sich die Geschlechterneutralität in der impressionistischen Tonalität paraphrasiert – und zwar ohne sich zu verleugnen, ganzheitlich und proaktiv", interpretierte die Künstlerin das Ergebnis ihres eindrucksvollen Schaffens. „Ja", flüsterte ich ehrfurchtsvoll, „das wollte ich auch gerade sagen."

„Beachten Sie die Hinwendung zur Ganzheitlichkeit, verbunden mit der Verbundenheit mit sich selbst und der Hybris der Moderne."

„Jaaa."

Und lassen Sie die Funktionalität vor dem Hintergrund der Realität auf sich wirken."

„Jaaaaa."

„Sie sollten zudem nicht die energetische Symboltheorie außer Acht lassen."

„Jaaaaaaaaa."

Ich befand mich mittlerweile in einer Art Trance, während Schnökenberg-Tütenbier zu ihrem nächsten Werk schritt, krabbelte ich auf allen Vieren hinterher. Sie blieb vor einer weltweit einmaligen Installation stehen: Ein in Hypnose versetzter Regenwurm aus Eritrea war mittels Streichhölzern aus Espenholz auf einem versteinerten Pferdeapfel aus dem südlichen Mecklenburg-Vorpommern fixiert worden, gleichzeitig erklang Musik von Udo Jürgens aus einer Lautsprecherbox, über die sich ein Regenschirm spannte. „Spüren Sie die proaktive Antizipierung der gesellschaftlichen Resonanz?", sprach die Göttin zu mir. Die Bewunderung ihres Werkes hatte eine temporäre Stimmbandlähmung bei mir ausgelöst, sodass ich lediglich ergriffen mit dem nicken konnte, was ich in dieser für mich geradezu heiligen Situation für meinen Kopf hielt. Ich schloss die Augen und sah vor meinem geistigen Auge antizipierte Regenwürmer, die der Gesellschaft einen Spiegel vorhielten, indem sie einen Kubus aus Zinkbadewannen bauten und dann mit einem Fahrrad über Eierkartons fuhren, bevor sie mit Hühnern über den Einsatz und die gesellschaftliche Notwendigkeit von pinkfarbenem Beton diskutierten, und zwar ganzheitlich und proaktiv.

Derweil hatten Ninis tellergroße himmelblaue Augen ein weiteres Werk entdeckt, das seinen Platz fast schon verschüchtert in der Ecke des Raumes eingenommen hatte: eine Leiter aus Holz. „Oh, siehe", rief sie und riss mich damit aus meinen Gedanken. „Die beiden Beine dieses Werkes symbolisieren die Teilung der Gesellschaft und konfrontieren den Betrachter mit der Vermeidung seiner dichotonen Inakzeptabilität."

„Oh, bitte entschuldigen Sie, die Leiter gehört nicht zur Ausstellung, sie ist einfach nur gabzheitlich und proaktiv vergessen worden", sagte Schnökenberg-Tütenbier. „Aber nein", ereiferte sich Nini, „sehen Sie doch die strukturelle Frequenzprogrammatik, die die einzelnen Stufen paraphrasieren, und den gesellschaftlichen Wandel, der zwischen ihnen oszillierend seinen nachhaltigen präposozionalen Ansatz findet."

„Es ist bloß eine Leiter", versicherte Schnökenberg-Tütenbier abermals.

„Gott bewahre, das ist doch nicht einfach nur eine Leiter", trompetete Nini leidenschaftlich. „Das Werk rekonstruiert die proaktive Negation der intransparenten Interaktion hinsichtlich promethischen Handlungsoptionen im Niedergang der geschichtlichen Relevanz."

„Es ist bloß eine Leiter!"

„Ganz und gar nicht, beachten Sie doch die trinsualen Referenzanomalien im oberen Bereich des Werkes, diese kontrastieren die Enervationen, ohne die Reaktivität zu reponsolieren."

„Eine Leiter!! Es ist nur eine Leiter!!!"

„Aber nein. Es ist ein Kunstwerk von nie dagewesener und in sich ruhender Aktualität. Die Diskordanz der Volatilität im sozio-psychologischen Bereich ist noch nie so deutlich dargestellt worden", schwärmte Nini. „Leiter. Leiter. LEITER. Es ist eine Leiter und sonst nichts. LEITER! LEITER!! LEITER!!!", kreischte Schnökenberg-Tütenbier mit äußerster und vehementer Ganzheitlichkeit und Proaktivität. „Gott bewahre, das ist doch nicht nur eine simple Leiter. Sehen Sie nicht die konsistive Konvergenz, die kongruent in der Symbolik des sich selbst reflektierenden..."

Nur wenige Augenblicke später fanden wir uns vor der Tür der legendären Galerie wieder. Die gottgleiche Künstlerin Schnökenberg-Tütenbier hatte uns mithilfe der Polizei hinauskomplimentieren lassen – und zwar ganzheitlich und proaktiv. Wahrscheinlich sogar nachhaltig.

Der Dschihad rettet das Klima

Wir Deutschen lassen uns nur ungern überbieten – erst recht nicht in Sachen Dummheit. Im November 2015 diskutierten Anhänger der sogenannten Friedensbewegung in Köln, ob man nicht mit der Terror-Miliz Islamischer Staat (IS) Gespräche aufnehmen sollte, wie eine überregionale Tageszeitung berichtete. Leider konnte ich bei dieser erstaunlichen Veranstaltung nicht zugegen sein, aber ich kann mir lebhaft vorstellen, wie so ein Gespräch, welches auch gerne kritischer Dialog genannt wird, vonstattengeht.

Rosamunde Rieselkäfer war der deutschen Friedensbewegung schon lange verbunden. Erst kürzlich verurteilte sie das Vorgehen der Alliierten gegen Nazi-Deutschland im Zweiten Weltkrieg. Man hätte die Probleme auch auf der Basis von Gesprächen lösen können, war sie sich sicher. Wenn man beispielsweise Claudia Roth als alliierte Chefunterhändlerin eingesetzt hätte, wäre eine überaus durchschlagende Wirkung sicher nicht ausgeblieben. Allerdings war Claudia Roth damals noch nicht erfunden. Derart erfrischende Einschätzungen prädestinierten sie geradezu für Verhandlungen mit dem IS. Ihr zur Seite gestellt wurde Katrin Göring-Eckardt, Vorsitzende der Bundestagsfraktion der Grünen, und somit eine professionelle Friedensbewegte. „Wir wollen offen und kultursensibel sein, aber wir müssen auch über das von uns geforderte Nachtangel-Verbot sprechen", ließ diese aus sich herausreden. Nun warteten die beiden Friedensbewegten auf die Ankunft von Raschid al-Kopfweg, einem staatlich geprüften Kopfabschneider und Unterhändler der Terror-Miliz IS. Gemeinsam wollte man nach Möglichkeiten für eine friedliche Koexistenz suchen.

Schwungvoll betrat al-Kopfweg den Raum und platzierte geschickt einen Kopf, den er professionell und rein zufällig einem draußen angetroffenen Ungläubigen abgeschnitten hatte, auf dem Verhandlungstisch. „Ich hoffe aber sehr, dass der Kopf nicht einem unserer Wähler gehörte", monierte Göring-Eckardt. „War nix Wähler, war Zeuge Jehovas. Stand an Ecke mit Heft in Hand", erklärte al-Kopfweg sein Tun. Die grüne Politikerin zeigte sich beruhigt und wählte einen behutsamen und äußerst kultursensiblen Einstieg in das Gespräch.

„Herr al-Kopfweg, ist es nicht ungemein anstrengend, seinen Lebensunterhalt mit dem Abschneiden von Köpfen zu verdienen?", wollte sie von dem Unterhändler wissen. Der so Angesprochene konnte die Frage jedoch gerade nicht hören, weil er flugs einen mobilen Schleifstein aufgebaut hatte, um seiner umfangreichen Messersammlung einer entsprechenden Behandlung zu unterziehen. Geduldig warteten die beiden Mitglieder der Friedensbewegung drei Stunden, bis al-Kopfweg sein Werk vollbracht hatte.

Nun wollte Rieselkäfer das Gespräch eröffnen und zwar mit einer enorm kritischen Frage. „Herr al-Kopfweg, könnte man nicht...äh... ich meine, wäre es nicht... oder anders ausgedrückt...könnte es möglicherweise eventuell denkbar sein, dass nicht immer sofort der ganze Kopf abgeschnitten wird, sondern vielleicht... äh... erst mal nur so teilweise – so ab dem Haaransatz zum Beispiel?"

„Viele Frisuren sind ja auch entsetzlich", sprang Göring-Eckardt ihrer friedensbewegten Kollegin bei. „Das Abschneiden eines ganzen Kopfes halte ich für übertrieben." Vielleicht könne es ja auch genügen, zunächst nur einen Finger abzuschneiden, schob sie nach. Doch diese Idee stieß bei al-Kopfweg nicht auf die erhoffte Zustimmung. „Finger ist zu klein, kann man kaum sehen, wenn man ihn in Kamera hält", argumentierte er. Schließlich habe seine Miliz es sich zur Aufgabe gemacht, Hinrichtungen und Folterungen medial bestens umzusetzen – eine Art kulturpolitischer Auftrag, den man gerne erfülle. „Und was ist, wenn man den Finger eines großen Ungläubigen nimmt, der ist doch dann auch länger und viel besser zu sehen?", warf Rieselkäfer ein. Schließlich könnten gerade weibliche Ungläubige Nagellack sparen, wenn nicht mehr alle zehn Finger da seien, erörterte sie einen weiteren Vorteil dieses Verfahrens. Und durch das viele Blut werde auch die Reinigungsindustrie angekurbelt, das schaffe Arbeitsplätze. Bei al-Kopfweg fiel die Idee nicht unbedingt auf fruchtbaren Boden, aber er signalisierte Kompromissbereitschaft. „Hacke einfach eine Hand ab."

„Bravo, das ist sehr entgegenkommend", freute sich Rieselkäfer. „Heutzutage braucht man ja auch nicht mehr unbedingt beide Hände, ein Smartphone lässt sich auch spielend mit einer Hand bedienen – und man spart einen Handschuh, das kommt der Nachhaltigkeit zugute, denn es müssen ja weniger Handschuhe produziert werden", jubelte auch Göring-Eckardt.

Nachdem die Problematik des Entfernens von Körperteilen nun abgehandelt worden war, wendeten sich die zwei Friedensbewegten einer anderen Thematik zu. Beide waren selbstredend auf der Höhe der Zeit, und so wussten sie auch, dass die Terror-Miliz durchaus gelegentlich Schwangeren die Föten bei lebendigem Leib aus dem Bauch geschnitten hatte. Ein Vorgehen, welches im Westen eher unüblich ist. „Muss denn das wirklich sein?", fragte Rieselkäfer. Mit dieser Frage ging sie allerdings ein bisschen zu weit. „Es ist doch nur eine andere Form der Geburtshilfe, eine andere Geburtskultur eben, das sollten wir nicht verurteilen", wurde sie von Göring-Eckardt gemaßregelt. „Bitte sei etwas kultursensibler", riet die Grünen-Politikerin ihrer friedensbewegten Freundin, die ob der Belehrung plötzlich einen hochroten Kopf ihr Eigen nannte.

Rieselkäfer wollte ihren unglaublichen Fauxpas wieder gut machen. „Bitte entschuldigen Sie, Herr al-Kopfweg, es lag mir fern, Sie kulturell zu vergewaltigen... ich wollte bloß..."

„Ah, Vergewaltigung immer gut, wenn es geht um Ungläubige", rief al-Kopfweg fröhlich aus. Seine Glaubensbrüder hätten schon Hunderte von ungläubigen Frauen vergewaltigt, ihnen danach die Köpfe abgeschnitten und sie in Massengräbern beerdigt. „Stammten denn die Frauen aus Freiland- oder wenigstens aus Bodenhaltung?", begehrte Göring-Eckardt zu wissen. „Ja, standen alle auf Boden, können ja nicht fliegen", ließ der Unterhändler zur Zufriedenheit der grünen Spitzenpolitikerin wissen. Obendrein seien alle Taten auch noch im Freien durchgeführt worden. Und: „Frauen vorher nur vegetarisches Essen bekommen." Rieselkäfer und Göring-Eckardt zeigten sich tief beeindruckt von so viel Entgegenkommen der Terror-Miliz. Als Göring-Eckardt noch das Nachtangel-Verbot ansprach, versicherte ihr al-Kopfweg, dass mangels Angelruten, Würmern und Wasser in seiner Heimat überhaupt nicht geangelt werde. „Und wenn doch, Ruten sind aus Holz. Kann man auch toll Menschen mit züchtigen", ergänzte er. „Ahhh, Sie nutzen nachwachsende Rohstoffe, sehr schön und lobenswert", fasste Göring-Eckardt ihre Freude in Worte.

Nun galt es nur noch, einen Punkt zu klären. „Herr al-Kopfweg, wir alle machen uns Sorgen um den Klimawandel. Wie sehen Sie das?", schnitt Göring-Eckardt ein sensibles Thema an. „Wir auch", rief al-Kopfweg aus und präsentierte flugs mit weiteren Erklärungen tiefe Einblicke in seine Großhirnrinde: „Wir machen Vernichtung von Menschen. Wenn weniger Menschen leben, auch weniger CO_2 wird ausgestoßen. Und wir machen tot Menschen mit Messer, nicht schießen, also auch kein Pulverdampf und CO_2-Ausstoß. Wir retten damit Klima."

Göring-Eckardt und Rieselkäfer zeigten sich hoch erfreut über der Tatsache, dass der Dschihad offensichtlich zur Rettung des Klimas einen wichtigen Beitrag leistet. „Ich finde, dass einer friedlichen Koexistenz nichts im Wege steht", meinte Göring-Eckardt in Richtung al-Kopfwegs. Der sympathische Unterhändler der Terror-Miliz bedankte sich artig für das Gespräch und schnitt wieselflink sowie äußerst geschickt der friedensbewegten Rieselkäfer noch eben den Kopf ab. Göring-Eckardt nahm diese unerwartete Handlung mit Verstörung auf, beruhigte sich aber mit dem Wissen, dass nun das Klima und somit die Welt wieder ein bisschen mehr gerettet ist.

Das harte Leben eines Sportreporters

Für viele Menschen ist ein Fußballspiel ein Highlight – für mich nicht. Ich finde die Zeit direkt nach einem Spiel ungleich interessanter. Dann nämlich laufen Sportreporter los, um Meinungen und Einschätzungen von Spielern und Trainern einzufangen. In der Regel ist der Informationswert solcher Kommunikationsübungen exakt bei null angesiedelt. Oft aber kommen dabei Gespräche heraus, die Ihresgleichen suchen und als Glanzlichter in die Geschichte der Sportberichterstattung eingehen.

Der SV Werder Bremen hatte gegen den FC Bayern mit einem sensationellen 3:1 gewonnen. Kaum, dass der Schiedsrichter in seine Pfeife gepustet und das Spiel damit beendet hatte, schnappte sich der überaus engagierte Sportreporter Berthold Butterrenner sein Mikrofon, um in die Berichterstattung einzusteigen. Als erstes gelang es ihm, einem Stürmer von Werder das Mikro vor den Mund zu halten.

Butterrenner: „Hallo, herzlichen Glückwunsch erst mal. Sie haben heute kein Tor geschossen. Woran lag's?"

Stürmer: (hechelt) „Ja, das war… es ist manchmal (hechelt wieder)…der Ball war halt immer woanders."

Butterrenner: „Warum denn?"

Stürmer: „Da müssen Sie den Ball fragen."

Butterrenner reckte den Kopf, doch er konnte den Ball nirgends entdecken. Stattdessen lief ihm der Mittelfeldspieler über den Weg, der für Werder zwei Tore geschossen hatte.

Butterrenner: „Toll, zwei Tore, was war das für ein Gefühl nach dem ersten? War da der Knoten geplatzt?"

Mittelfeldspieler: „Das Tor war gar nicht verknotet."

Butterrenner: „Nein, ich meine mental, war das eine Befreiung?"

Mittelfeldspieler: Nee, nee, ich war ja gar nicht mental. Ich hab' einfach geschossen, und das Tor stand da, wo der Ball reingegangen ist. Manchmal steht es woanders, wenn ich schieße. Dann geht der Ball daneben."

Butterrenner: „Und wie war Ihr Gefühl nach dem zweitem Tor?"

Mittelfeldspieler: „Ja, genau." (geht in die Umkleidekabine)

Butterrenner war hochzufrieden mit seinen Gesprächen, doch sein journalistischer Ehrgeiz trieb ihn zu weiteren Taten. Da spazierte ihm der Abwehrspieler vors Mikrofon, der das dritte Tor für Werder geschossen hatte.

Butterrenner. „Dass Abwehrspieler Tore schießen, kommt nicht allzu oft vor. Feiern Sie heute Abend?"

Abwehrspieler: „Jaaa, äh, nee, nee. Ähm…pfffff… ich hab' halt geschossen. Hat der Trainer ja auch immer gesagt, dass ich mal schießen soll, wenn es sich anbietet. Bot sich eben an."

Butterrenner: „Toll! Und wird heute Abend gefeiert?"

Abwehrspieler: „Ja, nee… pffff… Ich hab' ja nur drei Kisten Bier zu Hause. Das reicht nicht zum Feiern. Pffff."

Butterrenner: „Also mir würden drei Kisten reichen, hahaha."

Abwehrspieler: „Ja, nee, pffff."

Butterrenner: „Danke für Ihre tollen Einschätzungen."

Abwehrspieler: „Pffff."

Butterrenner ließ seinen Blick über den Platz schweifen, und noch bevor der Torwart von Werder fliehen konnte, hatte der Reporter ihm schon das Mikrofon vor den Mund gehalten.

Butterrenner: „Ein Gegentor – wie konnte das passieren?

Torwart: „Ja, der andere Spieler hat geschossen und getroffen. Da kannste manchmal nichts machen. Ich hatte noch versucht, das Tor einfach umzudrehen oder an eine andere Stelle zu rücken, aber der Schuss kam zu schnell. Ist halt passiert."

Butterrenner: „Was ist das jetzt für ein Gefühl für Sie?"

Torwart: „Ja, emotional ist es ein schlechtes Gefühl."

Butterrenner: „Wenn der Pfosten dagewesen wäre, wäre das Tor nicht gefallen, oder?"

Torwart: „Ja klar, aber Pfosten stehen nicht immer dort, wo man sie braucht."

Butterrenner: „Die Bayern sind ja auch gleich mit elf Mann auf den Platz gekommen."

Torwart: „Ja, mir war auch so. Und wenn dann einer von denen auch noch schießt, na ja, kann passieren."

Als nächste gelang es dem engagierten Sportreporter, den Trainer der Siegermannschaft interviewen zu können.

Butterrenner: „3:1, ein toller Sieg. Wie haben Sie das geschafft?"

Trainer: „Nun, wir haben gezielt Abseits-Situationen vermieden und den Gegner schon früh in der eigenen Hälfte attackiert. Das hat ihn verunsichert, sodass er Fehler gemacht hat, die wir ausnutzen konnten. Zudem stand unsere Abwehr fest und war gut koordiniert."

Butterrenner: „Und das war alles?"

Trainer: „Außerdem haben wir mehr Tore geschossen."

Butterrenner: „Tatsächlich?"

Trainer: „Ja."

Butterrenner. „Ach."

Butterrenner war nun ein wenig konsterniert, hatte er sich doch gerade von einem Trainer gehaltvollere Antworten auf seine intelligenten und vom Hauch des investigativen Journalismus umwehten Fragen erhofft. Da traf er rein zufällig auf den Trainer der Bayern.

Butterrenner: „Eine bittere Niederlage für Sie. Wie gehen Sie damit um?"

Trainer: „Joa mei."

Butterrenner: „Sie haben bisher eine tolle Saison gespielt. Ist die Niederlage hier nun ein Rückschlag?"

Trainer: „Joa mei."

Butterrenner: „Wie fühlen Sie sich jetzt?"

Trainer: „Joa mei."

Butterrenner: „Ist das auch für Sie als Trainer ein Rückschlag?"

Trainer: „Joa mei."

Butterrenner: „Was werden Sie jetzt als nächstes tun?"

Trainer: „Nein."

Butterrenner war hochzufrieden mit den überaus aufschlussreichen Informationen, die der bayerische Trainer ihm ins Mikrofon gesprochen hatte. Gleichwohl dürstete es ihn nach weiteren exklusiven Statements. Deshalb führte er vorsichtshalber noch ein Interview mit dem Ball sowie mit einem Torpfosten, bevor er mitsamt seinen O-Tönen in die Anstalt zurückkehrte.

Berlin revolutioniert die Mathe-Prüfungen

Wenn Schüler die Schule ohne oder mit einem schlechten Abschluss verlassen, dann müssen eben die Prüfungsaufgaben leichter werden. In Berlin ist man diesbezüglich im Sommer 2016 einen bemerkenswerten Schritt nach vorne gegangen: Zehntklässler und Gymnasiasten wurden mit einer Mathe-Aufgabe konfrontiert, die bereits Achtjährige und vermutlich sogar dreijährige Pandabären mühelos lösen können: Aus den Zahlen 2 und 3 sowie 6 sollten die Zehntklässler die größtmögliche dreistellige Zahl bilden – also 632. Doch damit nicht genug, beim sogenannten Bildungssenator in Berlin hatte man sich weitere „Mathe-Aufgaben" ausgedacht und ist dabei in neue Dimensionen vorgestoßen.

Theobald Nimmermüd war schon seit langem beim Berliner Bildungssenator für das Erstellen von Mathe-Aufgaben zuständig. Nun sollte er mehrere Aufgaben für einen Abiturjahrgang formulieren – zur Seite stand ihm dabei ein erfahrenes Team von Menschen, die in der Grundschule mal mit Mathematik in Berührung gekommen waren, sich dann aber wegen intellektueller Überforderung später der sozio-mathematischen Forschung verschrieben hatten – was überaus interessante Folgen zeitigte.

„Ich habe eine neue Aufgabe, die ich gerne vorstellen möchte", ließ Giesbert Röppel-Trümmelmeyer die Runde wissen. „Bitte sehr", freute sich Nimmermüd. „Also, Achmed ist in der Lage, in zehn

Stunden zehn Menschen krankenhausreif zu schlagen. Ein durchschnittliches Krankenhaus hat 500 Betten. Wie lange muss Achmed seine Tätigkeit ausführen, damit alle Betten in einem Krankenhaus belegt sind?" Beifälliges Nicken bemächtigte sich der Köpfe der Mathematikaufgaben-Findungskommission. „Sehr gut", befand Nimmermüd. „Die Aufgabe spricht auch gleich noch die Problematik von Überstunden an, wenn man von einem Acht-Stunden-Tag ausgeht."

„Zudem zeigt die sie, dass Krankenhäuser schnell belegt sein können, wenn jemand seine Tätigkeit ernst nimmt. Hierbei können die Schüler eben auch lernen, dass die Politik für größere Krankenhäuser sorgen muss, wenn Menschen wie Achmed ihrem Job überaus gewissenhaft nachgehen", schaltete sich Norbert Nullmüller, eine weitere brillante Kapazität in Sachen sozio-mathematische Bildung, in das Gespräch ein.

„Ich habe aber auch eine Aufgabe", so Nullmüller weiter. „Bitte, lassen Sie doch hören", ermunterte ihn Nimmermüd. „Gerne. Also, Mustafa hat eine Gang, die aus fünf Mitgliedern besteht. Jedes Mitglied kann pro Stunde Smartphones im Wert von 100 Euro klauen. In wie viel Stunden haben die Gangmitglieder Smartphones im Gesamtwert von 500 Euro gestohlen?"

„Grandios", rief Nimmermüd aus. „Die Aufgabe zeigt auch indirekt, dass die Preise für Smartphones viel zu hoch sind, sodass sich bildungsferne Schichten kaum eins leisten können. Ein interessanter Nebenaspekt mit kapitalismuskritischem Ansatz. Klasse. Ganz toll." Nullmüller wurde puterrot ob des überschwänglichen Lobes. Er griff zu seinem Handy, um seiner Frau davon zu berichten – jedoch musste er feststellen, dass es gestohlen worden war.

Nun hatte auch Alfons Einpfennig, ebenfalls Mitglied der überaus findigen Findungsgruppe, den Weg aus seiner geistigen Lethargie gefunden und fühlte sich prompt bemüßigt, ebenfalls einen geistvollen Beitrag beizusteuern. „Wie wäre es mit folgender Aufgabe", hob er an, „die Stadt Berlin schafft es in zehn Jahren nicht, einen Flughafen zu bauen. Wie viele Flughäfen entstehen somit in 50 Jahren nicht?"

„Respekt, Herr Einpfennig. Hut ab. Eine knifflige Aufgabe. Sehr anspruchsvoll", ließ sich Nimmermüd vernehmen. Das Nicht-Bauen von Flughäfen in überschaubaren Zeitrahmen sei ein Thema, das sich absolut auf der Höhe der Zeit befinde.

„Aber nun möchte auch ich eine Aufgabe präsentieren", war von Nimmermüd zu hören: „Die beiden Linksextremisten Alexander und Valentin können in einer Nacht 20 Autos anzünden. Dazu benötigen die beiden Brandbeschleuniger im Wert von 20 Euro. Wie viel Geld müssen die beiden pro Nacht einsetzen? Und wie viel müssen sie ausgeben, wenn sie beim Kauf der Brandbeschleuniger 20 Prozent Mengenrabatt bekommen?" Nimmermüd sonnte sich in den bewundernden Blicken seiner mathematisch begabten Mitstreiter, die im Kopf fieberhaft versuchten, die Aufgabe zu lösen – ein Vorgehen, dessen

Erfolglosigkeit jedoch hinter einem kollektiven Lächeln versteckt wurde.

Die Aufgabe wirkte allerdings bei Röppel-Trümmelmeyer wie der zuvor genannte Brandbeschleuniger, sodass er nun ebenfalls eine weitere Aufgabe aus sich herausreden ließ. „Ein ehemaliger schwuler SPD-Politiker hatte bei seiner letzten Wahl in seinem Wahlkreis 40 Prozent der Stimmen bekommen. Gleichzeitig war der Politiker in der Lage, pro Nacht mit fünf Männern Sex zu haben. Diskutiert über das Verhältnis der beiden Zahlen und setzt es in Beziehung zur wirtschaftlichen Situation der Kondom-Hersteller."

Stille. Atemlosigkeit. Nach einigen Minuten der Kontemplation und grenzenloser Bewunderung sanken die Anwesenden auf die Knie und begannen, Röppel-Trümmelmeyer anzubeten und der Kraft seines Geistes zu huldigen. Nimmermüd begann, sich den Namen seines Kollegen mit einem Kugelschreiber in den Unterarm einzutätowieren, Nullmüller rannen Tränen der Rührung über die Wangen.

Doch eine Person harrte auf ihrem Stuhl und wollte sich dem kollektiven Bewunderungs-Taumel nicht hingeben. Hierbei handelte es sich um Agathe Schnökenberg, die Sekretärin von Nimmermüd. „Frau Schnökenberg, wie gefallen Ihnen denn die Aufgaben?", wollte Nimmermüd wissen. Schnökenberg zeigte sich ein wenig skeptisch: „Ich weiß nicht, wäre es nicht vielleicht besser, den Schülern normale Aufgaben zu geben – zum Beispiel die Frage, wie viel 2 und 2 ist?"

„Frau Schnökenberg, sind sie wahnsinnig geworden?", schnaubte Nimmermüd. „Wir haben es hier mit Berliner Schülern zu tun. Derartig komplizierte Aufgaben würden sie überfordern. Nein, nein, das geht nicht. Außerdem haben unsere Aufgaben den Vorteil, dass rund 100 Prozent der Schüler in einer Klasse die Prüfung schaffen werden."

„Aber Herr Nimmermüd", war nun von Einpfennig zu hören, „so viele Schüler sind doch gar nicht in einer Klasse."

Doppelveranlagung dreifachverglast

In Zeiten von E-Mails ist es umso schöner, wenn auch mal Post im analogen Briefkasten zu entdecken ist. Es gibt allerdings Briefe, die sich meinem Verständnis komplett entziehen. Das ist in der Regel dann der Fall, wenn als Absender das Finanzamt auf den Plan tritt. Ich habe mir jetzt angewöhnt, derartige Machwerke gar nicht mehr zu öffnen, sondern gleich mit ihnen beim Fiskus vorstellig zu werden, um mir den Inhalt erklären zu lassen. Vor Kurzem trat ich erstmals den Weg an – und wurde schwer überrascht.

Halbtags-Steuerinspektor-Anwärter Julius Schnökenberg hatte sich freundlicherweise meiner angenommen und ließ nun seine Augen über den Brief gleiten, den mir irgendein Kollege von ihm zugeschickt hatte. „Die Vorläufigkeitserklärung umfasst sowohl die Frage", las er laut vor, „ob die angeführten gesetzlichen Vorschriften mit höherrangigem Recht vereinbar sind, als auch den Fall, dass das Bundesverfassungsgericht oder der Bundesgerichtshof die streitigen verfassungsrechtlichen Fragen durch die verfassungskonforme Auslegung der angeführten gesetzlichen Vorschriften entscheidet."

„Ja, mir war auch so, als wenn das da steht, aber was bedeutet es?", erlaubte ich mir zu fragen. Schnökenberg warf erst einen Blick auf mich, dann auf den Brief. „Es ist im Prinzip ganz einfach", war von ihm zu vernehmen, bevor er zu einer Erklärung anhob: „Die letztinstanzlich gesetzliche Vorschrift, die beim Bundesverfassungsgericht oder beim Bundesgerichtshof angesiedelt ist, verhält sich umgekehrt proportional zur verfassungskonformen Auslegung in streitigen Fragen bei fiskalanalytischen Auslegungen seitens des Steuergesetzes."

„Tatsächlich?"

„Ja, aber natürlich nur, wenn Sie die Doppelveranlagung bei der Verfassungskonformität innerhalb der Vorläufigkeitserklärung dreifachverglast eingereicht haben." Das leuchtete mir zwar ein, aber auf der anderen Seite auch wieder nicht. „Bekomme ich denn nun Geld wieder, oder muss ich Steuern nachzahlen?", wollte ich wissen. Schnökenberg war ein Profi, kein Wunder, sonst wäre er ja auch nicht Halbtags-Steuerinspektor-Anwärter. „Der Vorläufigkeitsvermerk hinsichtlich der Nichtabziehbarkeit von Beiträgen zur Rentenversicherung als vorweggenommene Werbungskosten stützt sich auch auf Paragraf 165 Absatz 1 Satz 2 Nummer 4 und umfasst deshalb auch die Frage einer eventuellen einfachgesetzlich begründeten steuerlichen Berücksichtigung", erklärte er mir. „Ei der Daus", rief ich aus. „Das ist ja interessant. Gilt die Nichtabziehbarkeit beim Paragrafen 165 auch, wenn man Paragraf 142 und 156 Wurzel aus 17 an ungeraden Tagen negativ in die Werbungskostenpauschale integriert, ohne dass man die Rentenversicherung in den Vorläufigkeitsvermerk aufnimmt?"

Schnökenberg hatte mittlerweile mit einigen erdbeergroßen Schweißperlen auf seiner Stirn zu kämpfen, doch er war, wie bereits erwähnt, Halbtags-Steuerinspektor-Anwärter und somit absoluter Profi. Jedoch zitterte seine Stimme leicht, als er eine Antwort aus sich herausreden ließ. „Soweit die Vorläufigkeitserklärung die Frage der Verfassungsmäßigkeit einer Norm betrifft, ist sie außerdem nicht dahingehend zu verstehen, dass die Finanzverwaltung es für möglich hält, das Bundesverfassungsgericht oder der Bundesfinanzhof könne die im Vorläufigkeitsvermerk aufgeführte Rechtsnorm gegen ihren Wortlaut auslegen." Er schnaufte schwer und war hinter seinem Schreibtisch so weit zusammengesunken, dass er fast im Handschuhfach eines Kleinwagens Bungee-Jumping praktizieren konnte.

„Heißt das, dass die Norm im Vorläufigkeitsvermerk trotz Doppelverglasung und Vergaservorwärmung im Bundesfinanzhof außerhalb der Paragrafen 145 und 956 nur noch von der Nichtabziehfähigkeit potenziert werden kann, wenn die Baumschutzverordnung sowie die aktuelle Spannmuffen-Tabelle im Wortlaut der Rechtsnorm negativiert werden?", fragte ich.

Äh... nicht direkt...es ist vielmehr so, dass...äh", röchelte er, bevor es aus ihm herausbrach: „Ich weiß es doch auch nicht. Ich weiß gar nichts. Und ich verstehe auch nichts von dem, was ich rede oder in Briefen schreibe. Niemand hier versteht es", schluchzte Schnökenberg. Seine Tränen begannen, meine Füße zu umspülen. Einmal in der Woche, so

Schnökenberg, träfen sich alle Mitarbeiter, um gemeinsam unverständliche Sätze zu kreieren, wer den schlimmsten zustande bringe, bekomme eine Belobigung und drei chinesische Glückskekse, beschrieb er das Prozedere. Somit könne man mittlerweile auf eine umfangreiche Sammlung von Sätzen und Texten zurückgreifen. „Die Steuerzahler werden dadurch so abgeschreckt, dass sich nie jemand meldet."

Ich war erschüttert. Gleichwohl erlaubte ich mir eine verschüchterte Frage. „Könnte es denn eventuell möglicherweise denkbar ein, dass ich Steuern zurückbekomme?" Schnökenberg dachte kurz nach, wandte sich seinem Computer zu und traktierte die Tastatur. „Ich habe angewiesen, dass Sie eine Steuerrückzahlung von drei Millionen Euro bekommen – und zwar jeden Monat. Aber bitte gehen Sie jetzt", sprach er dann.

Glücklich verließ ich die Amtsstube. Ein paar Wochen später traf ich Schnökenberg rein zufällig in der Stadt. Er hatte einen Job bei einer Partei angenommen. „Die zahlen besser, und die Arbeit ist die gleiche", ließ er mich wissen. „Der Bescheid ist endgültig – hinsichtlich der Berücksichtigung von Beiträgen zu Versicherungen gegen Arbeitslosigkeit im Rahmen eines negativen Progressionsvorbehaltes", antwortete ich ihm.

Greenpeace will Gene verbieten

Wir Deutschen sind gerne verliebt – am meisten in die Angst. Am liebsten haben wir Angst vor Dingen, vor denen man keine Angst haben muss. Dafür haben die Amerikaner den Begriff „German Angst" geprägt. Und wir geben jeden Tag unser Bestes, um diesem Begriff gerecht zu werden. Zum Beispiel reicht das Wort „Gentechnik", um bei vielen Deutschen einen Ohnmachtsanfall auszulösen. Da ist es gut, dass es Greenpeace gibt. Die Heilsbringer dieser Empörungs- und Weltrettungsindustrie fechten einen Kampf gegen den Golden Rice aus – eine Reissorte, die mittels Gentechnik mehr Vitamin A hat und somit gerade in Entwicklungsländern Augenkrankheiten und das Erblinden verhindern könnte. Bei einer Pressekonferenz erläuterte Greenpeace seine Standpunkte.

Dr. Friedbert Eigenlob, der bei Greenpeace den Posten des Pressesprechers inne hatte und somit dafür verantwortlich war, die absolute und reinste Wahrheit zu verkünden, stellt sich den zahlreichen Journalisten für deren Fragen zur Verfügung. Redakteur Gernot Schreibschön wollte als erster seinen Wissensdurst stillen: „Herr Dr. Eigenlob, was haben Sie gegen Golden Rice?"

„Nun, wir vertreten die Ansicht, dass die Reissorte letzten Endes umweltschädlich ist."

„Wie bitte?"

„Ja, sehen Sie, Sie müssen logisch denken", riet Eigenlob dem Redakteur, um im Folgenden einen

Einblick in die erstaunliche Gedankenwelt von Greenpeace zu geben. „Wenn der Reis zum Einsatz käme, würden viele Menschen in der dritten Welt nicht erblinden. Aber es ist außerordentlich zu begrüßen, wenn Menschen blind werden, denn Blinde fahren zum Beispiel kein Auto und verhalten sich somit umweltfreundlich."

„Das ist eine hoch interessante Ansicht", rief Schreibschön aus.

„Selbstredend", erwiderte Eigenlob. „Und das Erblinden von Menschen hat noch viel mehr Vorteile. Blinde betreiben keinen Sport, sie atmen also weniger und stoßen somit auch weniger CO_2 aus."

„Ist das nicht zynisch und menschenverachtend?", erlaubte sich Schreibschön eine überaus kritische Frage. Eigenlob bemühte sich gerade, selbst weniger zu atmen, um seinen Beitrag zum Klimaschutz zu leisten, weshalb eine Antwort erst mit zeitlicher Verzögerung aus dem Gehege seiner Zähne kroch. „Nein, alles was die Umwelt schützt, ist menschenfreundlich", hört ihn die versammelte Journalistenschar sprechen. „Blinde fallen zudem auch öfter die Treppe herunter, brechen sich das Genick und sterben infolge dieses Vorfalls. Auch das ist im Sinne des Umweltschutzes positiv zu bewerten, denn wer tot ist, belastet die Umwelt nicht mehr."

Ein Grummeln war aus der Masse der kritischen Journalisten zu hören, ein überaus kritischer, nämlich Theobald Tastentiger, fühlte sich bemüßigt, seinen überragenden Verstand in eine Frage zu kleiden, die als die Mutter aller kritischen Fragen gelten konnte: „Wäre es nicht auch wichtig, noch mehr Treppen zu produzieren, damit noch mehr Blinde herunterstürzen können?"

„Ja, aber nur, wenn die Treppen klimaneutral und aus umweltfreundlichen Materialien hergestellt werden", stellte Eigenlob fest. „Am besten wäre es überdies, wenn Blinde die Treppen herstellen würden, dann wären sie auch effektiv. Natürlich müsste darauf geachtet werden, dass es volljährige Blinde sind, denn Kinderarbeit halten wir für zutiefst verwerflich."

Nun griff mit Helena Schöntaube eine weitere Medienschaffende in das Geschehen ein: „Herr Dr. Eigenlob, könnte man die Gentechnik nicht auch dafür einsetzten, Menschen zu züchten, die umweltfreundlich funktionieren?" Bei dem Wort „Gentechnik" musste Eigenlob mit einem kurzen Herzstillstand kämpfen, gleichwohl kam er nicht umhin, zuzugeben, dass die Frage auf seine Gehirnzelle stimulierend wirkte. „Sicherlich wäre das möglich. Wünschenswert wäre es dann, einen Menschen herzustellen, der mit einem Internetanschluss ausgestattet ist, sodass er nur in der virtuellen Welt lebt und der Umwelt nicht zur Last fällt", sinnierte er.

Jetzt fühlte sich der Journalist Konstantin Breitsprecher bemüßigt, dem Thema eine weitere Vertiefung angedeihen zu lassen. „Man könnte doch mittels Gentechnik auch gleich Blinde herstellen. Dann müsste man nicht warten, bis die Blindheit eintritt", konstatierte er. „Ein überaus löblicher Vorschlag", freute sich Eigenlob, was Breitsprecher schnell zu neuen gedanklichen Höchstleistungen antrieb. „Oder Menschen, die dank einer Genmanipulation des Autofahrens nicht mächtig sind", philosophierte Breitsprecher weiter. „Da muss ich Sie enttäuschen", erwiderte Eigenlob, „solche Menschen gibt es schon lange. Man nennt sie Frauen, und das Problem ist, dass sie trotzdem Auto fahren."

Die vorangegangene Diskussion hatte nun auch den Journalisten Gisbert Fingerschnell ermutigt, in das intellektuelle Geschehen einzugreifen und sich mit einer Frage zu Wort zu melden. „Wäre es nicht möglich, mit der Gentechnik Menschen zu produzieren, die nach einigen Jahren automatisch die Treppe runterfallen und sich das Genick brechen?", wollte er von Eigenlob wissen. Doch bevor dieser sich eine Antwort ausdenken konnte, hatte Fingerschnell einen weiteren Geistesblitz: „Die Gentechnik müsste doch auch in der Lage sein, Treppen hervorzubringen, die einstürzen, wenn sich ein Mensch nähert. Oder wie wäre es mit Reiskörnern, die vom Teller fliegen, wenn man sie essen will?"

Eigenlob war nunmehr ob der vielen Vorschläge in die intellektuelle Defensive geraten – seiner Gehirnzelle drohte eine akute Überlastung. Um dem entgegenzuwirken und klarzumachen, dass er und nur er als Vertreter der führenden Lobbyorganisation für Empörung, Betroffenheit sowie Weltrettung das Recht hatte, Forderungen zu stellen, formulierte Eigenlob eine solche, die in die Annalen der Weltverbesserungsindustrie eingehen sollte: „Wir fordern ein komplettes Verbot von Genen!"

„Liebe Fußpilze"

Traditionelle Religionen sind heutzutage auf dem Rückschritt, sie gelten als verstaubt und werden durch eine neue ersetzt: die politische Korrektheit. Diese Religion ist einfach zu praktizieren, sie legt fest, dass alle irgendwie gleich sind und keiner ausgeschlossen werden darf. Anhänger der politischen Korrektheit lassen sich leicht erkennen – zum Beispiel, wenn sie eine Rede aus dem entlassen wollen, was sie vermessen „Kopf" nennen. Ein eindrucksvolles Beispiel dafür lieferte kürzlich eine Abgeordnete der Grünen, deren Namen ich mir absichtlich nicht merken kann, im Deutschen Bundestag.

Verehrte Damen und Herren, Transgender-Menschen, Kinderinnen und Kinder, Menschen mit Behinderungen und ohne Behinderungen, sehr geehrte Menschen mit roten Haaren, mit blonden Haaren, mit schwarzen Haaren, mit Perücken, mit langen Haaren, mit kurzen Haaren, sehr geehrte Glatzeninhaber und Glatzeninhaberinnen, sehr geehrte Autofahrer und Autofahrerinnen sowie Menschen, die keinen Führerschein haben oder denen er abgenommen worden ist, verehrte interkulturelle Soziologen und transkulturelle Psychologinnen, liebe Nutzerinnen und Nutzer von homöopathischen Potenzmitteln auf der Basis von nachwachsenden Rohstoffen, sehr geehrte Radfahrer und Radfahrerinnen mit und ohne Migrationshintergrund, verehrte blonde Radfahrerinnen und Radfahrer, geehrte Radfahrerinnen und Radfahrer mit dunklen oder roten Haaren, verehrte Meerschweinchenbesitzerinnen und Meerschweinchenbesitzer, verehrte Besitzerinnen und Besitzer von Rotbauchunken, Kanarienvögeln und Nacktnasenwombats, liebe Analphabetinnen und Analphabeten, sehr geehrte Musliminnen und Muslime, verehrter Christinnen und Christen, Hinduistinnen und Hindus, liebe Buddhistinnen und Buddhisten, liebe Nichtraucherinnen und Nichtraucher, liebe Raucherinnen und Raucher, sehr geehrte Nutzerinnen und Nutzer von Tiefspülern und Flachspülern aus heimischer und ausländischer Produktion, verehrte Besitzerinnen und Besitzer von historischen Flugzeugmodellen aus den Jahren 1921 bis 1988, liebe Nutzerinnen und Nutzer der Bahncard 50, der Bahncard 20 und der Straßenbahn, sehr geehrte Straftäterinnen und Straftäter, verehrte Pferdehalterinnen und Pferdehalter, sehr geehrte Benutzerinnen und Benutzer von Klobürsten mit rotem, gelbem, grünem und schwarzem Griff, liebe Besitzerinnen und Besitzer von Senftuben mit 500 Gramm Inhalt ohne Konservierungsstoffe, verehrte Männer mit Wanderhoden, liebe Kakteenfreunde, liebe Nutzerinnen und Nutzer von feuchtem Toilettenpapier, sehr geehrte Freundinnen und Freunde von veganen Haarwaschmitteln, verehrte Halbtagsfliesenleger, sehr geehrte Käuferinnen und Käufer von Tütensuppen aus in- und ausländischer Produktion, liebe Freundinnen und Freunde von bulgarischem Hüttenkäse aus Bodenhaltung, liebe Nutzerinnen und Nutzer von vegetarischen Verhütungsmitteln, sehr geehrte Zuschauerinnen und Zuschauer von Kochsendungen mit chinesischen Untertiteln, liebe Konsumentinnen und Konsumenten von australischen Hähnchenlebern, und ich möchte auch die Zuhörerinnen und Zuhörer ansprechen, die zu Hause wassersparende Duschköpfe und Duschmatten aus gentechnikfreiem Anbau verwenden – ebenso wie Menschinnen und Menschen, die Gene komplett ablehnen, verehrte Nutzerinnen und Nutzer von atomwaffenfreien Swimming-Pools und islamischen Füllfederhaltern, liebe Freundinnen und Freunde von energiesanierten und wärmegedämmten Unterhosen, sehr geehrte Besitzerinnen und Besitzer von laktoseresistenten und freilaufenden Eiern, verehrte Freundinnen und Freunde der Fußpilzprävention, liebe Fußpilze. Ich danke Ihnen für Ihre Aufmerksamkeit."

Opfer werden – aber richtig

Wenn man auf der Straße überfallen wird, kann man sich wehren – aber nicht mit allen Mitteln. „Angemessenheit" ist das Stichwort. Man sollte den Täter besser nicht verletzen, sonst kommt eine Anklage wegen Körperverletzung ins Haus geflattert. Auch mir ist das passiert, weil ich die falsche Angemessenheit gegenüber dem Täter an den Tag gelegt hatte. Das Gericht verurteilte mich zu einem Lehrgang, bei dem Überfallopfer angemessenes Verhalten erlernen sollen. Eine überaus interessante Erfahrung.

Herzlich willkommen zum Opfer-Lehrgang" begrüßte uns Hubertus Hasenstab, der Leiter dieses denkwürdigen Kurses. Hasenstab hatte Sanitär-Kriminalistik mit dem Schwerpunkt „Gewaltaffine Täter-Soziologie unter Berücksichtigung einer suboptimalen Kindheit und Traumatisierungserfahrungen" studiert und war somit als Leiter eines Opfer-Kurses fast schon überqualifiziert.

„Wir fangen gleich an", so Hasenstab. „Stellen Sie sich vor, ein mutmaßlicher Täter bedroht Sie mit einem Messer. Wie reagieren Sie?", fragte der mutmaßliche Soziologe, der im Folgenden den Kursteilnehmer Ignaz Wrobel aufrief. Wrobel war in der Straßenbahn das Portemonnaie gestohlen worden, worauf er die Polizei rief – ein eindeutig unangemessenes Verhalten. „Tja, ich würde vielleicht weglaufen", schlug Wrobel vor. „Falsch", schoss es aus

Hasenstab heraus. „Wenn Sie weglaufen, regen Sie den mutmaßlichen Täter dazu an, hinter Ihnen herzulaufen. Dabei könnte er stolpern und sich mit dem Messer verletzen", dozierte Hasenstab. „Was also wäre ein angemessenes Verhalten?", wollte er nun wissen. Zaghaft meldete ich mich und wurde auch prompt drangenommen. „Ich würde mit einem Blatt Papier wedeln und darauf hoffen, dass der mutmaßliche Täter Angst hat, dass er von dem Luftzug eine Erkältung bekommt und somit von seinem Vorhaben ablässt", sagte ich. „Sehr gut. Das ist ein absolut angemessenes Verhalten", lobte mich Hasenstab. Die anderen Teilnehmer nickten wohlwollend.

Hasenstab konfrontierte uns flugs mit einer weiteren Situation. „Sie werden von einem mutmaßlichen Täter gewürgt. Wie verhalten Sie sich? Na, Herr Schniepenheinrich, haben Sie eine Antwort?" Wolbert Schniepenheinrich hatte so eine Situation tatsächlich erlebt, wobei er dem mutmaßlichen Täter einfach mit dem Knie zwischen die Beine getreten hatte, was die Fortpflanzungszentrale des mutmaßlichen Würgers nachhaltig zum Stillstand brachte, weshalb Schniepenheinrich selbstredend eine Anzeige bekam und dem mutmaßlichen Täter ein Adoptivkind organisieren musste – für den Unterhalt des selbigen musste Schniepenheinrich natürlich auch aufkommen. „Ich würde dem mutmaßlichen Täter auf den Arm tippen und ihn somit auf sein Fehlverhalten aufmerksam machen", erklärte Schniepenheinrich und zeigte damit eindrucksvoll, dass er immer noch in falschen Handlungsmustern feststeckte. Das Tippen auf den Arm könne der mutmaßliche Täter als aggressives Verhalten auslegen, belehrte ihn Hasenstab. „Außerdem könnte der mutmaßliche Täter dadurch verletzt werden. Herr Schniepenheinrich, Sie müssen noch viel lernen. Herr Tönnishoff, haben Sie eine angemessene Lösung für die Situation?" Ich fühlte mich geehrt, dass der mutmaßliche Soziologe mir eine solche zutraute und wollte ihn nicht enttäuschen: „Nun, wenn der mutmaßliche Täter mich mutmaßlich würgt, hätte ich ja noch meine mutmaßlichen Hände frei", merkte ich an. „Ich würde also schnell auf einen mutmaßlichen Zettel schreiben, dass mir die Luft ausgeht, was aber auch Vorteile habe, da ich ja nun weniger CO_2 ausstoße und somit dem mutmaßlichen Klimawandel entgegen trete. Das bietet die Möglichkeit für eine Diskussion, die den Täter von seinem mutmaßlichen Tun ablenken könnte."

Hasenstab traten Freudentränen ob meiner Antwort in die Augen, die anderen Teilnehmer blickten neidvoll auf mich. Doch der mutmaßliche Top-Soziologe war mit seiner Schulung noch nicht am Ende. Er wischte sich die Tränen aus den Augen und konfrontierte uns mit einem weiteren Szenario: „Stellen Sie sich vor, ein mutmaßlicher Täter bedroht Sie mit einer mutmaßlichen Pistole. Wie verhält man sich in einem solchen Fall angemessen?" Offensichtlich hatte der mutmaßliche Hasenstab kein Vertrauen mehr in die anderen Teilnehmer des Kurses, weshalb er gleich meine Wenigkeit aufrief. Und selbstredend konnte ich eine kompetente Antwort geben. „Ich würde den mutmaßlichen Täter darauf hinweisen, dass er sich durch den Rückstoß der Waffe verletzen könnte. Obendrein würde ich zu bedenken geben, dass mein spritzendes Blut seine Kleidung beschmutzen könnte, wenn er auf mich schießt. Zudem würde ich ihn darauf aufmerksam machen, dass seine Tat eine drakonische Strafe in Form von beispielsweise 20 Sozialstunden in einem Heim für traumatisierte Zwergpinscher nach sich ziehen könnte", dozierte ich.

Hasenstab sank vor mir auf die Knie, die anderen mutmaßlichen Teilnehmer taten es ihm gleich, einige begannen, in Ehrfurcht meinen Namen zu murmeln, andere äußerten den Wunsch, mich anbeten zu dürfen.

Mit tränenerstickter Stimme stellte Hasenstab eine weitere Frage – die er klugerweise gleich an mich richtete. „Herr Tönnishoff", hob er an und schob den Eimer beiseite, der seine Freudentränen aufgefangen hatte, „was machen Sie, wenn Sie von einem mutmaßlichen Täter mit einem Schlagring angegriffen werden?" Ich hatte die Opferrolle mittlerweile so verinnerlicht, dass ich wie aus der Pistole geschossen eine Antwort geben konnte. „Nun, ich halte dem mutmaßlichen Täter mit seinem mutmaßlichen Schlagring meinen mutmaßlichen Po hin, der ist weich, sodass sich der mutmaßliche Täter beim Zuschlagen nicht verletzen kann."

Die Lautstärke des Beifallssturmes von Hasenstab und den anderen mutmaßlichen Teilnehmern verursachte bei mir einen veritablen Tinnitus, sodass ich die letzte Frage des mutmaßlichen Hasenstabs kaum vernehmen konnte. „Ein Elektroschocker, Herr Tönnishoff, was machen Sie, wenn Sie mit einem Elektroschocker angegriffen werden?", schluchzte er. Selbstredend blieb ich auch in diesem Fall keine Antwort schuldig: „Ich würde den mutmaßlichen Täter fragen, ob die Akkus des Elektroschockers auch mit erneuerbaren Energien aufgeladen wurden und ihn in eine Diskussion über umweltfreundliche Energiegewinnung verwickeln."

Hasenstab hatte sich auf Knien zu mir bewegt, um meine Füße mit Küssen zu übersäen, die anderen Teilnehmer riefen im Vatikan an, um zu erfragen, ob und wann mit meiner Heiligsprechung zu rechnen sei. Wie es sich für einen richtigen Kursus in Deutschland gehört, bekam jeder Teilnehmer abschließend ein Zertifikat. „Der Teilnehmer hat den Opferlehrgang mit Auszeichnung bestanden und ist jederzeit in der Lage, mutmaßlichen Straftätern kompetent als Opfer entgegenzutreten", stand in meinem. Die anderen konnten sich nicht über eine solche Auszeichnung freuen. In ihren war zu lesen: „Der Teilnehmer hat an einem Opfer-Lehrgang teilgenommen. Jedoch hat er noch Defizite mit einem angemessenen Verhalten als Opfer bei mutmaßlichen Überfällen und anderen mutmaßlichen Straftaten. Der Teilnehmer hat die Pflicht, einen mutmaßlichen Straftäter darauf hinzuweisen, dass er das richtige Opferverhalten noch nicht ausreichend beherrscht und somit eine Gefahr für den mutmaßlichen Täter darstellen könnte. Diese Bescheinigung ist stets mit sich zu führen und einem mutmaßlichen Straftäter unverlangt vorzuzeigen."

Sparen ohne Ende

Handel und Dienstleistern in Deutschland kann man nun wirklich nicht mangelnde Kreativität unterstellen, wenn es um Rabattaktionen geht. Für den Verbraucher haben diese Aktionen immense Vorteile, lassen sich doch damit jede Menge Penunzen sparen. Das ist auch der Grund, warum meine Freundin Nini und ich den Rabattaktionen stets größte Aufmerksamkeit zukommen lassen.

Schatz, wollen wir in der kommenden Woche ein paar Tage in den Urlaub fahren?", richtete ich meine Worte an die hübscheste Frau diesseits des Universums. Als Reaktion erntete ich einen mehr als vorwurfsvollen Blick aus himmelblauen Augen – gekoppelt mit dem Vorwurf, offensichtlich meine Umwelt nicht mehr ausreichend wahrzunehmen. „Wenn Du den Prospekt von ‚Du und Dein Fenster' ausreichend studiert hättest, dann wüsstest Du, dass die Firma in der nächsten Woche eine sensationelle Rabattaktion anbietet", belehrte mich Nini. „Sie offerieren, zehn Fenster zum Preis von acht zu reinigen, das können wir uns nicht entgehen lassen."

„Aber wir haben doch nur sechs Fenster."

„Noch."

„Bitte?"

„Wir werden weitere Fenster ins Haus einbauen müssen, sonst sparen wir nicht genug", konstatierte Nini und wählte die Nummer eines örtlichen Bauunternehmers, der erfreulicherweise anbot, uns zehn zusätzliche Fenster zum Preis von neun zu installieren. Ein Schnäppchen, dem wir unseren Zuspruch nicht verweigern konnten.

Nachdem diese beispiellose Sparaktion über die Bühne gebracht worden war, entdeckten wir bei einem Einkauf im Supermarkt ein bemerkenswertes Angebot: Wenn Sie heute drei Spülbürsten zum Preis von einer kaufen, können Sie in einer Woche beim benachbarten VW-Händler einen Golf-Diesel mit funktionierender Abgas-Software zum Preis eines Golf-Diesels ohne funktionierende Abgas-Software bekommen, tat uns ein Webeplakat kund. Wir entschlossen uns spontan, gleich sechs Spülbürsten zu kaufen – da wir aber Autos von VW nicht so mögen, suchten wir einfach mal einen Mercedes-Händler auf und informierten uns, ob auch er sich an einer ähnlichen Aktion beteiligt. Der Inhaber zeigte sich äußerst zuvorkommend sowie kooperativ und bot an, die Spülbürsten gegen eine Software einzutauschen, von der niemand wisse, wozu sie eigentlich gut sei – aber wir würden sie zum Preis einer halben Spülbürste in Kürze zugeschickt bekommen.

Nun fand ich es jedoch an der Zeit, erneut das Thema „Urlaub" anzusprechen, eine Idee, die bei Nini auf fruchtbaren Boden fiel. „Das machen wir", freute sie sich und wedelte mit einem Prospekt der Deutschen Bahn. „Wenn wir am 15. März nach Salzburg fahren, zahlen wir nur 15 Euro pro Person", rief sie aus. Hierzu erlaube ich mir anzumerken, dass wir keine Missgunst gegen Salzburg oder Österreich hegen, aber wir lieben nun mal die Nordsee. Gleichwohl hätte es unser Herz bluten lassen, wenn wir dieses Angebot der Bahn nicht angenommen hätten. Also fuhren wir mit dem Zug nach Salzburg, bestiegen dort ein Taxi zum Flughafen, flogen nach Bremen und charterten dort eine kleine Maschine, die uns auf die Nordsee-Insel Borkum brachte. Dieses Vorgehen kostete uns rund 900 Euro, jedoch hatten wir ja bei der Fahrt nach Salzburg enorm gespart.

Auch auf Borkum hatte man sich dem Geist der Rabattaktionen verschrieben, was sehr zu unserem Wohlbefinden beitrug. Die „Stadtschänke" ließ es sich nicht nehmen, den Gästen drei Pizzen zum Preis von zweien anzubieten. Ohne zu zögern, bestellten wir drei, zahlten zwei und aßen keine, weil wir nach Hause mussten – schließlich durften wir im Fernsehen keinesfalls die Sendung „Mit Rabattaktionen Geld sparen" verpassen.

Jeder Urlaub neigt sich irgendwann dem Ende entgegen, sodass wir uns kurze Zeit später im heimischen Bremen wiederfanden. Nini blätterte in den zahlreichen Prospekten, die sich während unserer Abwesenheit im Briefkasten eingefunden hatten. „Oh schau, Hundefutter ist im Angebot", posaunte sie. Ich wies sie darauf hin, dass wir noch nie im Besitz eines Hundes gewesen seien und auch jetzt keinen Vierbeiner unser Eigen nennen. Die hübscheste Frau diesseits des Universums war jedoch jederzeit mühelos in der Lage, das Durchsetzungsvermögen eines Kampfpanzers an den Tag zu legen und Fakten zu schaffen. Sie sprach im Tierheim vor und bekam zwei Hunde zum Preis von einem sowie 20 Kanarienvögel zum Preis von 15,5 – und als kostenlose Dreingabe noch ein kleineres Rudel Erdmännchen sowie einen Königspython in den besten Jahren. „Ich lass' mir doch nicht die Möglichkeit nehmen, Geld zu sparen", triumphierte sie nach ihrer Heimkehr.

Nur ein paar Tage später hatten wir erneut die Gelegenheit, unseren Geldbeutel zu schonen. Ein Zirkus hatte in der Nähe Position bezogen und wollte sich von ein paar überflüssigen Tieren trennen. Deshalb offerierte er zwei Löwen zum Preis von drei Krokodilen – und legte auch noch einen Elefanten obendrauf. Obwohl unser Konto dank der zahlreichen Sparaktionen mittlerweile einen Minusstand erreicht hatte, der dazu führte, das die Mitarbeiter unserer Bank uns täglich vor der Haustür auflauerten, was uns jedoch nicht störte, da wir ja genug Fenster hatten, um ins Haus zu gelangen, konnten wir es nicht vermeiden, das Angebot des Zirkus' anzunehmen, was jedoch zu einigen überaus interessanten Aktionen führte.

Dem Elefanten konnten wir zwar beibringen, mittels seines Rüssels bei der Fensterpflege mitzuwirken, die Erdmännchen riefen aber dank ihrer Wuseligkeit ihr gesamtes Nerv-Potenzial ab, was uns dazu veranlasste, das Rudel in die Bahn zu setzen, mit der es zum Sonderpreis („ein Rudel Erdmännchen fährt zum Preis von drei Kamelen", so das Angebot) gleich in die afrikanische Heimat reisen konnte. Um die Kanarienvögel kümmerte sich der Königspython mit liebevoller Aufmerksamkeit – lediglich das Verhalten der Löwen trieb uns ein paar Sorgenfalten auf die Stirn. Sie hatten in ihrem Übermut zwei Nachbarn gerissen, die Verwandten verlangten nun unverschämterweise von uns, die Beerdigungskosten zu übernehmen. Kein Problem. „Guck mal, hier bietet ein Beerdigungsinstitut zwei Beerdigungen zum Preis von acht an. Das ist doch ein Schnäppchen", rief Nini nach einem Blick ins Internet. Da schlugen wir natürlich sofort zu, denn wann bietet sich schon mal die Möglichkeit, so viel Geld zu sparen? Gut, dass wir die Löwen gekauft hatten.

Staubkörner auf dem Heiligenschein

Im Jahr 2015 kamen fast 1,2 Millionen Asylbewerber nach Deutschland. Bundeskanzlerin Angela Merkel weigerte sich, die deutschen Grenzen zu schließen. Stattdessen schloss die Europäische Union (EU) auf Drängen Merkels ein Abkommen mit der Türkei, dort sollten die Flüchtlinge gestoppt werden. Die Türkei sollte Flüchtlinge, die illegal nach Griechenland eingereist sind, zurücknehmen. Für jeden Illegalen nimmt die EU einen legalen Flüchtling auf. Eine krude Logik, die kaum einer verstand. Zudem begab sich die EU – und auch Deutschland – in die Abhängigkeit der Türkei. Der türkische Präsident Recep Tayyip Erdogan nutzte das prompt aus und forderte, dass ein deutscher, satirischer Fernsehbeitrag über ihn gelöscht wird. Das alles sorgte für Verwirrung, sodass sich die Kanzlerin genötigt sah, sich mittels einer Fernsehansprache an das weglaufende Wahlvolk zu wenden.

Liebe Mitbürgerinnen und Mitbürger, heute wende ich mich an Sie, und ich hoffe, dass Sie mich noch erkennen. Ich bin Ihre Bundeskanzlerin, ich gebe zu, dass ich in den vergangenen Monaten nur schwer zu entdecken war. Ich hatte mich auf einen moralischen Hochsitz zurückgezogen, um dort darüber nachzudenken, ob ich mir möglicherweise einen zweiten Heiligenschein zulegen soll. Aber die Pflege gleich zweier Heiligenscheine erschien mir zu aufwendig, sodass ich es zunächst bei dem einen belassen möchte. Sollte er Sie zu sehr blenden, müssen Sie einfach den Bildschirm dunkler stellen oder eine Sonnenbrille aufsetzen. Bitte denken Sie daran, dass Ihre Krankenkasse weder die Sonnenbrille noch eventuelle Behandlungen von geschädigten Augen bezahlt.

Meine Damen und Herren, viele von Ihnen verstehen meine Flüchtlingspolitik nicht –Tatsache ist Folgendes: Abschottung funktioniert nicht im Zeitalter des Internets. Ich habe das selbst ausprobiert. Ja, auch ich habe mir in meinen Computer im Kanzleramt dieses Internet einbauen lassen. Seitdem bekomme ich immer wieder Nachrichten und sehe Texte und Bilder von Menschen, die ich gar nicht kenne. Und so ist das auch mit den deutschen Grenzen. Die Flüchtlinge umgehen die Grenzen, in dem sie einfach über das Internet zu uns kommen. Sie installieren sich auf den Rechnern und drucken sich dann selbst aus – und schon sind sie da. Da helfen keine Grenzen.

Ich weiß, meine lieben Mitbürgerinnen und Mitbürger, dass die vielen Flüchtlinge auch vielen Menschen Angst machen. Wider Erwarten haben wir überraschend feststellen müssen, dass die meisten Flüchtlinge nicht Ärzte und Ingenieure sind, sondern einfach Flüchtlinge." An dieser Stelle musste die Kanzlerin ihre Rede kurz unterbrechen, denn Alois Dümpelmoser, ihr persönlicher Assistent, hatte die Szenerie betreten, um ihren Heiligenschein zu polieren. Das tat er gewissenhaft und mit großer Hingabe, sodass nach einer halben Stunde die Regierungschefin erneut das Wort ergreifen konnte.

„Der Bund Deutscher Kriminalbeamter hat prognostiziert, dass rund zehn Prozent der Flüchtlinge, das sind also etwa 120 000, kriminell werden wird. Ich fürchte mich davor nicht, im Gegenteil. Sozial ist, was Arbeit schafft. Und Kriminelle sorgen für jede Menge Arbeitsplätze in der Justiz, bei der Polizei, im Vollzugswesen und in der Sozialindustrie. Und wenn sich ein Flüchtling entscheiden sollte, hier bei uns als Islamist und Selbstmordattentäter tätig werden zu wollen, so ist das uneingeschränkt zu begrüßen, denn ein derartiges Handeln schafft weitere Arbeitsplätze im Gesundheits- und Beerdigungswesen sowie in der Bau-Industrie. Zudem wird langfristig dadurch auch die Rentenkasse entlastet, denn wer tot ist, bekommt nur selten eine Rente. Angst ist ein schlechter Ratgeber, ich habe ja auch keine Angst, da ich immer mehrere Personenschützer um mich herum habe. Vielleicht sollten auch Sie, liebe Mitbürgerinnen und Mitbürger, Personenschützer engagieren. Das würde weitere krisensichere Arbeitsplätze schaffen."

Abermals trat Dümpelmoser ins Geschehen ein, hatten sich doch unverschämterweise ein paar Staubkörner auf dem Heiligenschein niedergelassen. Dümpelmoser entfernte selbige und führte ein erneutes Polieren des Heiligenscheines durch. Keine zwei Stunden später hatte er sein Werk beendet, und Merkel richtete wieder das Wort an das Wahlvolk.

„Nun aber zum Thema Integration: Auch zu mir ist es durchgedrungen, dass es in der Silvesternacht

2015/2016 am Kölner Bahnhof massenhaft sexuelle Übergriffe von Menschen mit Migrationshintergrund auf Frauen ohne Migrationshintergrund gegeben hat. Integration kann aber nur gelingen, wenn beide Seiten etwas dafür tun. Ich war traurig, als ich erfahren musste, dass so viele Frauen Anzeige erstattet haben, denn: Diese sogenannten Übergriffe waren gar keine, wir dürfen nicht vergessen, unter den Flüchtlingen gibt es auch viele Ärzte, und die haben einfach mal erste gynäkologische Untersuchungen durchgeführt – ganz selbst- und kostenlos. Dafür sollten wir ihnen Dankbarkeit zollen. Zudem konnten die Frauen auf diese Art und Weise sehen, ob ihre Slip-Einlagen noch korrekt saßen. Das Handeln der Ärzte beinhaltete somit also auch einen Service-Gedanken. Noch etwas kommt hinzu: Wenn die Frauen an dem Abend nicht am Bahnhof gewesen wären, dann wären diese Untersuchungen auch gar nicht passiert. Vielleicht sollten wir wirklich einmal über ein abendliches Ausgehverbot für Frauen nachdenken, denn eigentlich haben die Frauen ja diese Untersuchungen durch ihre bloße Anwesenheit provoziert. Wir müssen uns eben noch mehr auf die Menschen aus dem islamischen Kulturkreis einstellen.

Und noch etwas zu den vielen Handys, die in dieser Nacht gestohlen wurden. Die Besitzerinnen können doch froh sein, dass die Geräte weg waren, denn es ist doch schön, wenn man mal nicht erreichbar ist und nicht kommunizieren muss – das ist auch ein Stück Freiheit, eine Freiheit, die die betroffenen Frauen ohne die Kontaktaufnahme der Menschen mit Migrationshintergrund nicht gehabt hätten. Ich jedenfalls genieße es, wenn ich mal ohne Handy unterwegs sein kann. Weniger ist oftmals mehr.

Abschließend möchte ich noch etwas zum Abkommen der EU mit der Türkei sagen. Ja, mein türkischer Gebieter... äh... Freund Recep Tayyip Erdogan hat Schwierigkeiten mit der Pressefreiheit. Aber ich verstehe das, denn ich möchte auch nicht, dass jeder die Freiheit hat, mich einfach zu pressen. Es ist nicht schön, gepresst zu werden, egal, wer es macht. Gepresste Menschen sehen nicht schön aus und fühlen sich auch nicht wohl. Deshalb muss die Freiheit, andere Menschen einfach zu pressen, eingeschränkt werden. Da hat mein Gebieter völlig recht, deshalb sollte auch in Deutschland viel weniger gepresst werden.

Das Rückführungsabkommen mit der Türkei ist ein alternativloser Schritt, den ich mangels Alternativen machen musste. Das Abkommen ist ganz einfach: Für jeden Flüchtling, der ankommt, schicken wir einen zurück, der noch nicht angekommen ist. Wenn mehr ankommen, als gehen, gehen also weniger, als gekommen wären, wenn sie vorher nicht gegangen wären. Wer hier ankommt, wird nicht gehen müssen, wenn er vorher woanders nicht weggegangen ist – und umgekehrt. Wenn weniger kommen, gehen also mehr oder weniger wieder zurück. Und wenn sie zurückgekehrt sind, können sie wiederkommen, aber natürlich nicht so viele.

Damit sich das auch für alle lohnt, können die Flüchtlinge die Pendlerpauschale in Anspruch nehmen – aber nur an ungeraden Tagen. Ich sage Ihnen ganz ehrlich, dass ich dieses System auch nicht verstanden habe. Mir fehlt auch die Zeit, um es zu verstehen, schließlich wende ich viel Zeit auf, um mich um meinen Heiligenschein zu kümmern. Aber ich bin mir ganz, ganz sicher: Egal wie viele Flüchtlinge kommen und gehen – Sie, liebe Bürgerinnen und Bürger, schaffen das."

Noch einmal war Dümpelmoser auf den Plan getreten – er hatte 700 Liter Politur mitgebracht und ging sofort seiner Aufgabe nach. Abschließend baute er den Teleprompter ab und brachte ihn flugs ins Haus der Geschichte in Bonn, wo er dauerhaft ausgestellt werden sollte, ebenso wie die leeren Politurflaschen. Merkel hingegen ging auf dem Wasser der Spree zurück ins Kanzleramt.

Massenmord für einen guten Zweck

Die Europäische Zentralbank ist eine enorm seriöse Ein-
richtung, und der Chef der Zentralbank ist nicht irgend-
ein Suppenkasper, sondern eben der Chef der Zentral-
bank, der auf den hübschen Namen Mario Draghi hört.
Im Mai des Jahres 2016 hatte der Suppenkasper, äh, der
Chef der Zentralbank einen genialen Einfall: Er kündigte
die Abschaffung der 500-Euro-Scheine an. Diese würden
nämlich gerne von Kriminellen zur Bezahlung genutzt –
eine Idee, die bei meiner Freundin Nini und mir zu er-
staunlichen Gedankengängen führte.

Ich finde, dieser Draghi hat recht", ließ sich Nini
des Morgens bei der Zeitungslektüre am Frühstückstisch vernehmen. „Aber er geht nicht weit
genug."

„Wie meinst Du das?", wollte ich wissen. „Er sollte alle Geldscheine abschaffen", sagte die hübscheste
Frau diesseits des Universums. „Geht es Dir ansons-
ten gut?", fragte ich besorgt. „Blendend", schallte es
von der anderen Seite des Tisches zurück – und es
folgte auch gleich noch eine argumentative Unter-
mauerung ihrer Forderung. „Man müsste alle Geldscheine abschaffen, denn wenn die Ganoven dann
ihre Geschäfte machen wollen, müssten sie mit Tonnen von Münzgeld bezahlen, und diese Tonnen von
Geld kann man nicht unbemerkt durch die Gegend
schaukeln."

„Da hast Du recht, man bräuchte dann für jeden Bezahlvorgang einen Lkw."

„Laster müsste man ja deswegen auch abschaffen."

„Wie soll das denn gehen?"

„Nun", hob Nini an, „wenn Draghi alle Geldscheine eingezogen hat, verfügt er doch über genug Geld, um alle Laster aufzukaufen und sie der Verschrottung zuzuführen."

Dieser Logik konnte ich zunächst nichts entgegenstellen, im Gegenteil, sie wirkte geradezu stimulierend auf meine Großhirnrinde. „Eigentlich müsste man auch alle Autos abschaffen, denn sie werden von Kriminellen zur Flucht nach Straftaten oder zur Begehung von selbigen genutzt – oder aber, um zum Ort zu kommen, an dem eine Straftat ausgeführt werden soll", philosophierte ich. „Das würde auch die Grünen erfreuen", erlaubte ich mir hinzuzufügen. „Ich finde, jetzt übertreibst Du", bremste Nini meinen Eifer. „Es würde doch genügen, Räder zu verbieten, sodass alle Autos ohne Räder verkauft werden müssten. Dann könnte auch keiner mehr damit fahren."

„Aber wenn man das Rad verbieten würde, könnten auch keine Flugzeuge mehr starten und landen."

„Umso besser, viele Kriminelle nutzen nämlich auch Flugzeuge", bilanzierte Nini messerscharf.

„Aber wenn es keine Räder mehr gäbe, würde es ja auch keine Bollerwagen und Kinderwagen mehr geben?", merkte ich an. „Na und?", rief Nini. „Hast Du Dir schon mal überlegt, wie viele zukünftige

Kriminelle in Kinderwagen transportiert werden – und später sogar in Bollerwagen?"

Wieder musste ich mich Ninis Logik geschlagen geben und griff zum Messer, um etwas Butter auf einer Brötchenhälfte zu platzieren. Diese Handlung löste in mir einen weiteren Gedankengang aus: „Messer. Messer müssten selbstredend auch verboten werden. Es gibt viel zu viele Messerstechereien."

„Zumindest müssten die Klingen abgeschafft werden, dann könnte auch keiner mehr damit zustechen. Die Griffe könnten ja erlaubt bleiben", sinnierte Nini. Gleichwohl kam sie nicht umhin, zuzugeben, dass Griffe ohne Klinge nicht unbedingt zu den sinnvollsten Gegenständen im Alltagsleben zählen.

Bei der abendlichen Fernseh-Rezeption gelang es mir, das morgendliche Thema erneut aufzunehmen und meine Denkmurmel auf Hochtouren laufen zu lassen. „Krimis müssten auch abgeschafft werden, sie könnten Straftätern als Vorlage und Inspiration dienen", platzte ich heraus. „Und das Internet gleich mit", posaunte Nini. Schon wieder waren wir im schönsten Abschaffungs-Modus. Helme für Rad- und Motorradfahrer – abschaffen, denn mit ihnen könnte man sich gegen die Polizei wappnen. Außerdem braucht man sie sowieso nicht mehr, da man ja das Rad an sich ebenso verbieten müsste. Nach einem Gang zum Kühlschrank, dem ich ein wohltemperiertes Bier entnahm, konnte ich mit einem neuen Vorschlag aufwarten: „Kühltruhen müssten ebenfalls auf die Verbotsliste kommen. Wie oft haben Mörder ihre Opfer eingefroren, bevor sie sie entsorgten?"

„Sehr gut. Ich bin stolz auf Dich", lobte Nini mich, was mich zu weiteren Denkleistungen antrieb. „Auch Kamine sollte es nicht mehr geben, dann könnten Mordopfer nicht mehr verbrannt werden."

„Vielleicht sollte man gleich Wohnungen und Häuser abschaffen, in ihnen sind schon so viele Straftaten verübt worden", schleuderte Nini einen neuen Gedankenblitz in die Diskussion… und ließ gleich einen weiteren folgen. „Man könnte mittels Gentechnik Menschen erschaffen, die keine Hände mehr haben. Dann könnte auch niemand mehr erwürgt werden."

Nach den Spätnachrichten entschlossen wir uns, das Bett aufzusuchen, um dort… „Ich weiß nicht, ob das gut ist", murmelte ich.

„Was?"

„Na, Sex eben."

„Warum?"

„Überleg doch mal. Man weiß nie, was bei einem geschlechtsübergreifenden Spontanakt, also Sex, herauskommt. Wenn die Eltern von Adolf Hitler und Josef Stalin keinen Sex gehabt hätten, wäre der Welt eine Menge erspart geblieben."

„Du hast recht", bemerkte Nini. Vielleicht müsse man eben auch Geschlechtsverkehr verbieten, schlussfolgerte sie, nahm Decke und Kopfkissen und verließ unser gemeinsames Schlafzimmer, um auf dem Sofa im Wohnzimmer ein neues Domizil einzurichten.

Nach etwa zehn Minuten steckte sie noch einmal den Kopf zur Tür herein, um eine neue Idee zur Diskussion zu stellen: „Wenn man alle Menschen abschaffen würde, dann gäbe es doch gar keine Straftaten mehr, oder?" Ich musste zugeben, dass sie abermals die Logik auf den Kopf getroffen hatte. „Aber wie willst Du das machen? Du kannst nicht alle umbringen, das wäre kriminell", sinnierte ich. Nini war um eine Antwort nicht verlegen. „Vielleicht könnte man erst mal diejenigen abschaffen, die noch einen 500-Euro-Schein ihr Eigen nennen, später dann alle anderen. Das wäre dann immerhin Massenmord für einen guten Zweck."

Ein Herz für intersexuelle Pinguine

In Rheinland-Pfalz soll es zukünftig auf Regierungsebene einen Beauftragten für Lesben, Schwule, Bisexuelle, Transsexuelle, Transgender-Personen und Intersexuelle geben. So meldete es eine überregionale Tageszeitung im Mai des Jahres 2016. Welche Sexualität Intersexuelle und Transgender-Personen ihr Eigen nennen, weiß ich nicht, und ich verspüre auch keine Lust, mich damit zu beschäftigen, aber trotzdem habe ich etwas gelernt: Es ist wichtig, für jede Minderheit einen Beauftragten zu haben. Das ist auch Akteuren auf bundespolitischer Ebene gewahr geworden – und sie haben bemerkenswerte Schritte eingeleitet.

Im Bundesministerium für Minderheitenbeauftragte hatte die Beauftragte für die Ernennung von Minderheitenbeauftragten, Frau Dr. Gesine Schnattke-Mausbrummer, zu einer Sitzung geladen. Das Ziel: Keine Minderheit sollte in Zukunft auf einen Beauftragten verzichten müssen. „Wir werden verschiedene neue Stellen ausschreiben", hob Schnattke-Mausbrummer an, „zum Beispiel brauchen wir Beauftragte für Transgender-Personen, die ins Lager der Intersexuellen wechseln wollen sowie einen Beauftragten für Menschen, die an ungeraden Tagen mit intersexuellen Pinguinen spielen und ihnen etwas vorlesen. Außerdem wird ein Beauftragter für Menschen gesucht, die erst am Nachmittag ihre Stuhlgangspflege betreiben. Wir wollen die

Stellen selbstredend erst intern ausschreiben. Sieht sich jemand von Ihnen in der Lage, so eine Tätigkeit ausführen zu können?", fragte sie und ließ den Blick über die anwesenden Ministeriumsmitarbeiter gleiten.

Mit einem Räuspern meldete sich Hubertus Hasenschön, Beauftragter für die Beauftragung von Halbtags-Beauftragten-Anwärtern, zu Wort: „Das Beauftragen von Halbtags-Beauftragten-Anwärtern ist eine anspruchsvolle Aufgabe. Trotzdem sähe ich mich eventuell möglicherweise in der Lage, die Sache mit den intersexuellen Pinguinen gegebenenfalls in Teilzeit zu übernehmen."

„Das ist bezaubernd von Ihnen", ließ sich Schnattke-Mausbrummer vernehmen und strich die intersexuellen Pinguine von ihrer Liste, auf der sich jedoch noch jede Menge weitere Wünsche befanden. „Ferner suchen wir Beauftrage für Menschen mit Teilzeit-Hämorrhoiden, für Rechtshänder mit Vorlieben für linksdrehenden Joghurt sowie für Menschen, die bei der Toilettenreinigung auf Markenartikel verzichten und grüne Toilettensteine ablehnen", referierte Schnattke-Mausbrummer.

Bei dem Wort „Toilettensteine" wachte Petra Pfefferbeißer, die sich genüsslich dem Schlaf anheim gegeben hatte, unerwartet auf. Pfefferbeißer hatte im Ministerium das Amt der Beauftragten für Klopapier, Taschentücher und Tampons aus biologischem Anbau inne. „Das mit dem grünen Joghurt und den linksdrehenden Toilettensteinen gefällt mir," sprudelte es aus ihr heraus. „Ist mit der Übernahme dieser Tätigkeit auch eine zusätzliche Honorierung verbunden?" Schnattke-Mausbrummer freute sich, eine ermunternde Antwort geben zu können: „Selbstverfreilich könnten Sie mit einer monatlichen Extrazuteilung von Toilettensteinen in allen Größen, Formen und Farben sowie mit einer Großpackung linksdrehender Hämorrhoidensalbe rechnen." Pfefferbeißer versprach, über das großzügige Angebot nachdenken und in den nächsten 15 bis 23 Jahren ihre Entscheidung mitteilen zu wollen.

Schnattke-Mausbrummer wandte sich erneut ihrer Liste zu. „Des Weiteren suchen wir Beauftragte für Menschen, die Whatsap für ein chinesisches Verhütungsmittel halten sowie für Transsexuelle mit Piercings in den kleinen Zehen des rechten Fußes, die Schwierigkeiten haben, ein Ruderboot zu steuern. Ach ja, und dann brauchen wir noch einen Beauftragten für SPD-Wähler mit grünlackierten Fingernägeln, die die Einbahnstraßenregeln in Deutschland für reformbedürftig halten. Fühlt sich jemand berufen, eine von diesen verantwortungsvollen Aufgaben übernehmen zu können?"

Die nachfolgende Stille wurde nach etwa einer Stunde von Ludewig Pömpel durchbrochen. Pömpel hatte 45 Jahre lang Kulturwissenschaften mit dem Schwerpunkt „Interdisziplinäre Kulturanthroposophie im intersexuellen Kontext animalischer Strukturen" studiert, bevor er im Ministerium als Zehnjahres-Praktikant ein Auskommen fand. „Die Nichtbeachtung von strukturellen Vitalformen, die in den gesamtgesellschaftlichen Strukturen strukturell noch nicht auf die nötige Aufmerksamkeit gestoßen sind, macht mich traurig und betroffen", war aus seinem Mund zu vernehmen. Wieder ließ sich eine langanhaltende Stille hören, nach rund drei Stunden wagte sich Schnattke-Mausbrummer mit der durchdachten Äußerung „Interessant" aus der intellektuellen Deckung.

Nun fühlte sich Pömpel bemüßigt, seine Erläuterungen in konkretere Formen zu gießen, eine Übung, die nach weiteren vier Stunden Stille mühelos gelang. „Was ist denn zum Beispiel", hob er an, „mit einem Beauftragten für pubertierende Zwergkaninchen mit Wanderhoden? Oder mit einem Beauftragten für Enten mit Migrationshintergrund und Wasser-Allergie? Und warum kümmert sich niemand um Transgender-Autos mit Anlassproblemen und intersexueller Klima-Automatik?", brach es aus Pömpel heraus.

Eine tiefgehende Betroffenheit nahm von den Anwesenden Besitz. Kein Zweifel, Pömpel hatte seinen Finger tief in die Wunde des Beauftragten-Wesens gelegt. Nach einer zwei Tage andauernden Betroffenheit gelang es Schnattke-Mausbrummer, wieder die Kontrolle über ihr Sprachzentrum zu erlangen. „Herr Pömpel hat völlig recht. Ich werde seine Vorschläge aufnehmen und ebenfalls Beauftragte für die genannten Gruppen suchen. Wollen Sie nicht vielleicht, Herr Pömpel, eine der Aufgaben übernehmen?" Doch urplötzlich besann sich Pömpel auf seinen eigene Position im Ministerium, und so sprach er: „Könnte ich nicht vielleicht Beauftragter für Praktikanten werden?" Schnattke-Mausbrummer war außer sich ob dieses Ansinnens. „Also wirklich, Herr Pömpel! Für so einen hanebüchenen Unsinn können wir beim besten Willen nicht das Geld der Steuerzahler rauswerfen!!"

Ein Atomkraftwerk im Keller

Einmal im Jahr kommt gar unerfreuliche Post ins Haus geflattert: die Stromrechnung. Und seit der sogenannten Energiewende fällt sie immer höher aus. Zudem ist sie, gelinde gesagt, etwas unverständlich. Nachdem die letzte Rechnung dafür gesorgt hatte, dass meine Freundin Nini und ich fast Bekanntschaft mit einem Herzstillstand gemacht haben, wurde klar, dass sich etwas tun musste. Kreativität war angesagt.

Nini fächelte sich mit der Stromrechnung Luft zu, seit dem Öffnen des Umschlags vor fünf Minuten hatte sie rund vier Kilo abgenommen und war in ihrem Sessel fast zur Unkenntlichkeit zusammengesunken. „Wir müssen mehr Strom sparen", krächzte sie und richtete ihre himmelblauen Augen auf mich. Ich wertete das als Aufforderung, nunmehr Ideen zu dem von ihr angesprochenen Thema zu entwickeln – was mir auch gelang.

„Unser Kühlschrank läuft viel zu oft", merkte ich an. Das sei auch kein Wunder, schließlich befinde sich das gute Teil seit rund 20 Jahren in unserem Besitz, erlaubte ich mir hinzuzufügen. „Dann kaufen wir eben einen neuen", schlug die hübscheste Frau diesseits des Universums vor. „Nein, das ist zu teuer", widersprach ich. „Gut, dann kaufen wir eben einen größeren Kühlschrank und stellen unseren dort hinein. Dann ist er immer gut gekühlt und muss nicht so oft anspringen", sagte sie. Dieser kühlen Logik konnte ich meine Sympathie nicht vorenthalten. Gleichwohl vertrat ich die Ansicht, dass wir völlig neue Wege beschreiten und selbst in die Welt der Energieproduktion für den Eigenbedarf einsteigen sollten.

Ich schlug vor, im Keller ein kleines, etwa ein Quadratmeter großes Atomkraftwerk zu bauen – und dafür eine geringe Menge an spaltbarem Plutonium zu erwerben. „Ist Plutonium nicht gefährlich?", wollte Nini wissen. „Nicht wenn es in geschlossenen Behältern aufbewahrt wird", entgegnete ich. „Und was ist, wenn es rauskommt?"

„Es kommt ja nicht raus."

„Aber wenn doch?"

„Dann verlässt man das Haus und bittet die Nachbarn, ob sie nicht vielleicht bis auf Weiteres die Blumen gießen und den Briefkasten leeren können. Somit gewinnt man Zeit, um über das weitere Vorgehen nachdenken zu können."

Nini war indes nicht ganz überzeugt von meinem Plan, woraufhin ich ihr kundtat, dass man ein Atomkraftwerk ja auch mit Uran betreiben könne. „Und das ist nicht so gefährlich?"

„Nicht wenn man es ordentlich und gewissenhaft abschirmt. Wir haben doch noch diese schöne Käseglocke von Deiner Tante Sybille." Erfreulicherweise war Nini von meinem ausgeklügelten Sicherheitskonzept überzeugt, sodass ich den Computer aktivierte, um mich via Internet auf die Suche nach preisgünstigem Uran zu machen. Der Vorgang gestaltete sich ein wenig kompliziert, aber schlussendlich gelang es mir, bei einem Afghanen namens Munir al-Bombweg das gewünschte Uran zu bestellen. Al-Bombweg erschien mir durchaus vertrauenswürdig, schließlich teilte er mir mit, dass er seit Jahren erfolgreich für eine Firma mit dem Namen Al Qaida weltweit tätig sei. Ich hatte zwar von dem Unternehmen noch nichts gehört, aber da es international aufgestellt war, war ich von der Leistungsfähigkeit der Firma überzeugt. Umso größer war unsere Überraschung, als plötzlich Beamte des Bundeskriminalamtes in unser Haus Einlass begehrten und mich mit dem Wort „Haftbefehl" konfrontierten.

Nach zwei Tagen intensiven Gedankenaustausches konnte ich die Kriminalbeamten davon überzeugen, dass meine Tat nur zum Ziel hatte, in die Energie-Erzeugung einzusteigen – „obendrein noch CO_2-neutral", wie ich betonte. Ich durfte also wieder nach Hause, wo eine konsternierte Nini darauf bestand, in Zukunft auf derartige Experimente nach Möglichkeit zu verzichten.

Zerknirscht aber zuversichtlich nahm ich ein neues Vorhaben in Angriff: Ich erwarb mehrere Photovoltaik-Anlagen, wobei mir jedoch die Stadtverwaltung aus baurechtlichen Gründen die Montage auf dem Dach versagte. Wir mussten die Anlagen also im Haus betreiben. In einem nahegelegenen Baumarkt kauften wir etwa 300 Stehlampen, deren Strahler wir 24 Stunden pro Tag auf die Anlagen richteten. Jedoch beschlich uns schnell der Verdacht, dass die

Ausbeute den Einsatz nicht rechtfertigte. Besonders stutzig wurden wir, als ein Mitarbeiter unseres Stromversorgers bei uns auftauchte und eine Vorauszahlung in Höhe von 2468,58 Euro verlangte. Er werde nun einmal wöchentlich vorbeikommen und kassieren, ließ er noch wissen.

Derartige Rückschläge führen bei uns jedoch keineswegs zu Verzagtheit – im Gegenteil, wir stellten nun die Realisierung eines Wasserkraftwerkes in den Mittelpunkt unseres Schaffens. Aus 13 Badewannen (Kostenpunkt rund 4500 Euro) nahmen wir die Stirnseiten heraus und schweißten die Wannen zusammen. Das Bauwerk nahm seinen Anfang im Badezimmer im ersten Stock und sein Ende im Garten, dort installierten wir auch den Generator. „Schau, unsere Anlage bringt immerhin drei Glühbirnen zum Leuchten", freute sich Nini, während ich mich an der Haustür mit einem Mitarbeiter vom örtlichen Wasserwerk beschäftigen musste. Dieser bemängelte, dass dank unseres Wasserverbrauches der Grundwasserspiegel abgesackt und eine erste Talsperre im Harz bereits leer sei. Bevor er eine Rechnung in Höhe von 20854, 24 Euro präsentieren konnte, tanzte auch noch unser Nachbar an und zeterte, dass angeblich sein Grundstück mitsamt des Hauses unter Wasser stehe und sich bereits mehrere Fischarten sowie ein Krokodil und ein Nilpferd dort angesiedelt hätten.

„Ich glaube, wir müssen uns von der Rolle des Energieerzeugers verabschieden", bemerkte Nini schweren Herzens. Es gelang mir nicht, ihr zu widersprechen, deshalb griff ich zu der schönen bunten Broschüre, die uns unser Stromversorger freundlicherweise mit der Rechnung zugesandt hatte. „Vielleicht stehen hier ja ein paar Tipps zum Stromsparen drin", bemerkte ich und begann zu blättern. „Hier, das könnte doch wirklich helfen", sagte ich, nachdem ich auf Seite 459 hängen geblieben war: „Bei Änderung der Belastung nach Paragraph 2 Absatz 3 Satz 1 Nummer 5, die in die Kalkulation des allgemeinen Preises eingeflossen sind, ist der Grundversorger unter Beachtung der geltenden gesetzlichen Bestimmungen berechtigt, die allgemeinen Preise jederzeit neu zu ermitteln und dabei die Änderung in das Ergebnis der Kalkulation einfließen zu lassen. Sinkt der Saldo der Belastung nach Paragraph 2 Absatz 3 Satz 1 Nummer 5 Buchstabe a bis c, ist der Grundversorger abweichend von Satz 1 verpflichtet, die allgemeinen Preise unverzüglich neu zu ermitteln und dabei den gesunkenen Saldo in das Ergebnis der Kalkulation einfließen zu lassen. Die Verpflichtung zur Neuermittlung nach Satz 2 entsteht in dem Zeitraum vom 15. Oktober bis 31. Dezember eines Jahres erst, wenn alle von Satz 1 erfassten Belastungen für das Folgejahr feststehen."

„Wunderbar, fantastisch", rief Nini erfreut aus. „Genauso machen wir das."

Diplomatie hilft immer

Mitte Juli 2016 hat es in der Türkei einen Putschversuch gegeben, der auf der nach oben offenen Dilettantismus-Skala seinesgleichen suchte. Der türkische Präsident Recep Tayyip Erdogan, der sich auch gerne Führer nennen lässt, dankte flugs Allah für den Putschversuch und begann einen Gegenputsch, bei dem der Begriff „Rechtsstaat" völlig neu definiert wurde. Jedoch hatte er nicht mit der Europäischen Union (EU) und Deutschland gerechnet, die sich ihm machtvoll entgegen stellten. Eine Chronologie der Ereignisse:

Erster Tag nach dem Putschversuch: Der türkische Präsident Erdogan kündigt umfassende Säuberungen in der Türkei an. Der Begriff „Säuberung", der seit Hitler, Stalin, Mao und Pol Pot mit der willkürlichen Verhaftung und/oder der Vernichtung von Menschen verbunden ist, löst in Deutschland und der EU zunächst keinen nennenswerten Protest aus – im Gegenteil. „Es ist doch schön, wenn alle Menschen sauber sind", lässt sich Bundeskanzlerin Angela Merkel (CDU) zitieren. „Zudem kommt das auch den Herstellern von Seife und anderen Reinigungsmitteln zugute", fügt sie hinzu.

Zweiter Tag: Erdogan lässt zahlreiche Angehörige des türkischen Militärs verhaften. Martin Schulz (SPD), Präsident des EU-Parlamentes, sieht sich zu einem Statement bemüßigt: „Der Abbau von Militär ist immer ein Schritt in Richtung zu mehr Frieden und zu einer Entmilitarisierung der Gesellschaft, den ich begrüße."

Dritter Tag: Der türkische Führer entlässt mehrere Tausend Verwaltungsangestellte und wirft ihnen vor, mit den Putschisten zusammengearbeitet zu haben. „Wir begrüßen den Bürokratie-Abbau in der Türkei. Das wird die EU-Beitrittsgespräche mit Sicherheit beschleunigen", ist aus dem deutschen Kanzleramt zu vernehmen.

Vierter Tag: In seiner von Allah verliehenen Weisheit suspendiert der türkische Führer rund 3000 Richter. Schulz lässt seinen Gedanken hierzu freien Lauf: „Rechtsstaatlichkeit ist wichtig, aber Richter sind eben auch sehr teuer, weil sie ein hohes Gehalt beziehen." In Krisenzeiten sei es jedoch wichtig, dass der Staatshaushalt eines Landes entlastet werde, damit Geld für wesentliche Dinge da sei – zum Beispiel für Reinigungsmittel, die in der EU hergestellt werden.

Fünfter Tag: In Deutschland werden Erdogan-Gegner von Türken bedroht. Es fallen Sätze wie „Wir rotten Euch aus, wir verbrennen Euch." Merkel versucht, mäßigend einzugreifen und lässt zaghafte Kritik aufflammen. „Das Verbrennen von Menschen setzt CO_2 frei, gerade vor dem Hintergrund des Klimawandels sollte davon nach Möglichkeit Abstand genommen werden, sonst können wir unsere Klimaziele nicht erreichen."

Sechster Tag: Erdogan lässt zahlreiche neue Gefängnisse in seinem Land bauen, in ihnen sollen dann die gesäuberten Menschen zukünftig wohnen. Nun äußert auch Schulz Kritik. „Wir können das nur akzeptieren, wenn der Bau nach EU-Richtlinien verläuft. Überdies bitten wir darum, dass auf den Dächern der Gefängnisse Photovoltaikanlagen installiert und in den Innenhöfen, wo die Gesäuberten ihrem Ausgang nachgehen, Windräder aufgestellt werden – und zwar gemäß der EU-Norm Din-54-45-ho-ho-hi-hi-ha-ha-72-55-umpf-grunz-wurzelaussieben-pipapo."

Siebter Tag: Erdogan fordert, dass in Deutschland lebende Türken sowie türkische Einrichtungen, die ihm kritisch gegenüber stehen, von deutschen Sicherheitsbehörden überprüft werden. Merkel kleidet ihre klare und unmissverständliche Kritik bezüglich dieser Forderung in Schweigen. Schulz ist derweil im Urlaub.

Achter Tag: Der um eine faire, offene und freie Berichterstattung besorgte Präsident Erdogan schließt 45 Medienbetriebe in der Türkei. Der deutschen Bundeskanzlerin geht das eindeutig zu weit: „Ich finde, dass Säuberungen, gleich welcher Art, angemessen sein müssen. Es hätte sicher auch gereicht, wenn nur 43 Medienbetriebe geschlossen worden wären."

Neunter Tag: Erdogan erwägt die Einführung der Todesstrafe in der Türkei. Merkel tobt. „Das würde ich ein Stück weit weniger gut finden wollen."

Zehnter Tag: In der Türkei wird ein Extrafriedhof für die toten sogenannten Putschisten angelegt – und zwar direkt neben einem Hundefriedhof. Merkel schäumt: „Das ist eine Diskriminierung der Hunde." Überhaupt sei sie über das Vorgehen in der Türkei „zunehmend irritiert".

Elfter Tag: Der geniale türkische Führer entlässt nun sämtliche Staatsbediensteten und fordert alle türkischen Bürger auf, die Türkei zu verlassen. Merkel insistiert, dass es nun aber auch mal gut sein müsse.

Zwölfter Tag: Erdogan fordert ultimativ den Beitritt der EU zur Türkei. Der immer noch im Urlaub weilende Schulz lässt sich daraufhin zunächst von einem Experten erklären, wo die Türkei überhaupt liegt.

Dreizehnter Tag: Der türkische Führer kündigt an, dass er am nächsten Tag, einem Sonntag, die Stadt Brüssel und das dortige EU-Parlament von seinen Truppen besetzen lassen wird. Merkel reagiert mit aller Entschlossenheit. „Einen Sonntag für so ein

Vorgehen zu wählen, empfinde ich als äußerst unglücklich. Ehrlich gesagt, passt mir der Tag gar nicht. Wie wäre es mit Dienstag?"

Vierzehnter Tag: Erdogan macht seine Drohung wahr und lässt Brüssel und das EU-Parlament besetzen. Zufällig kommt Schulz früher aus seinem Urlaub zurück. Er bemängelt, dass bei der militärischen Aktion zahlreiche EU-Normen nicht eingehalten wurden, und zwar mindestens 156 890 an der Zahl, die er im Folgenden auch alle aus dem Gedächtnis fehlerfrei rezitiert. Die türkischen Soldaten verlassen daraufhin fluchtartig die Stadt.

Fazit: Die deutsche Bundeskanzlerin und die EU haben durch ihr besonnenes aber unnachgiebiges Handeln Erdogan auf den Weg der Rechtsstaatlichkeit zurückgeführt.

Gut, dass es Entenexperten gibt

Im Juli anno 2016 gab es den ersten islamistischen Selbstmordanschlag im bayerischen Ansbach, dazu gesellte sich ein Amoklauf in München, ein Syrer tötete öffentlichkeitswirksam seine Freundin in Reutlingen – in Frankreich überfielen Islamisten einen Gottesdienst, nahmen Geiseln und ermordeten den Priester. Ein anderer Islamist tötete rund 80 Menschen in Nizza, indem er sie mit einem Lkw überfuhr. Nach solchen Taten melden sich grundsätzlich und unausweichlich Experten zu Wort, die mit Vorliebe das erklären, was jeder schon weiß.

Robert betreibt einen Zeitungskiosk unweit meiner Behausung, sodass ich ihn des Öfteren aufsuche, um mich dort mit publizistischen Einheiten, so werden Zeitungen von Soziologen genannt, zu versorgen. Wir sind mittlerweile auch gute Freunde. Eines Tages sprach ich wieder mal bei ihm vor, und wir plauderten über dieses und jenes, als unsere Aufmerksamkeit vom Radio gefangen genommen wurde. „Die Polizei hat versucht, den Amokläufer schnell zu fassen, damit er nicht noch mehr Menschen umbringen konnte", war aus dem Lautsprecher die Stimme des ARD-Terrorexperten Georg Mascolo zu hören, der von einem Moderator zum Amoklauf in München interviewt wurde. „Es ist mir völlig neu, dass die Polizei für so etwas da ist", ließ sich Robert vernehmen. „Ich hätte eher gedacht, dass sie in so einem Fall den Verkehr so regelt, dass er um den Amokläufer herumgeführt wird, damit dieser seinem Tun weiter nachgehen kann." Auch ich war überrascht über die Einschätzung des ARD-Terrorexperten, aber ich wollte nicht an seinen Worten zweifeln, denn schließlich ist er immerhin der ARD-Terrorexperte – und nicht irgendein Sat1- oder RTL-Terrorexperte. Einem ARD-Terrorexperten kann man bedenkenlos alles glauben. Ich bat Robert um ein kaltes Getränk, und er schenkte mir einen Kaffee ein. „Wie wird man eigentlich ARD-Terrorexperte?", fragte mich Robert. „Nun, ich vermute, dass Al Qaida Terrorexperten-Kurse anbietet oder die Al Nusra-Front in Syrien. Auch der Islamische Staat könnte dafür in Frage kommen", erwiderte ich. Von Al Qaida sei jedoch in letzter Zeit wenig zu hören gewesen, eine Ausbildung dort könne also nicht so gut sein. „Wer dort seinen Abschluss macht, kann höchstens als Arte-Terrorexperte tätig werden oder als Terrorexperte des Schwarzwälder Boten, aber niemals bei der ARD – nicht mal feiertags im Nachtprogramm", erklärte ich inbrünstig.

Unterdessen war im Radio ein weiteres Interview zu hören, diesmal ging es um Haustierhaltung, zu Wort kam der ARD-Hamsterexperte. „Hamster sind sehr kleine Tiere", so der ARD-Hamsterexperte. „Man muss aufpassen, dass man sie nicht übersieht und aus Versehen auf sie tritt, dann gehen sie nämlich kaputt", fügte der ARD-Hamsterexperte hinzu. Diese Erkenntnis sorgte bei uns für große Augen und erhebliches Erstaunen, doch bevor wir in eine Kommentierung der Einschätzungen des ARD-

Hamsterexperten einsteigen konnten, meldete sich auch noch der ARD-Meerschweinchenexperte zu Wort: „Meerschweinchen sind sehr schreckhafte Tiere, sie sollten deshalb nie in der Nähe von Amokläufern gehalten werden", betonte der ARD-Meerschweinchenexperte.

Robert und ich erlangten nach diesem Informationsschub nur schwer unsere Sprache wieder. Als zumindest Robert es gerade geschafft hatte und seine Gedanken zum Gehörten in Worte kleiden wollte, war aus dem Radio abermals eine Experteneinschätzung zu hören – der ARD-Geschlechtsverkehrexperte riet dazu, zur Vermeidung von Aids niemals ungeschützten Geschlechtsverkehr zu haben, das gelte auch für Meerschweinchen, Hamster sowie weitere Kleintiere. Diesem Statement schloss sich flugs noch der ARD-Entenexperte an, der jedoch nicht vergaß, hinzuzufügen, dass Enten im Allgemeinen nur schwer einen Kondomautomaten bedienen können.

„Jetzt wäre eigentlich noch eine Einschätzung des ARD-Kondomautomatenexperten angebracht", fand Robert seine Sprache wieder, bevor im Radio das Thema „Badezimmerkultur heute" angesprochen wurde und der ARD-Toilettenexperte seine Kenntnisse unumwunden in den öffentlichen Erlebnisraum stellte. „Man sollte die Wasserspülung der Toilette nicht dazu nutzen, um Meerschweinchen oder Hamster damit zu waschen", ließ er wissen. „Und man sollte in jedem Fall immer eine stabile Klobürste im Badezimmer platziert haben, damit kann der Nutzer zur Not auch mal einen Amokläufer in die Flucht schlagen – oder kopulierende Enten", fügte der ARD-Klobürstenexperte hinzu. Stille hatte sich unserer kleinen Zusammenkunft bemächtigt. Wir trauten uns kaum, etwas zu sagen, aus Angst, die Wirkung der Äußerungen und die heilige Aura, die sie umgab, zu beschädigen. Nach knapp drei Stunden vernahm ich Roberts Stimme. „Meinst Du, dass man mit einer Klobürste auch einen Hamster reinigen kann?" Auf die Frage wusste ich keine Antwort. Ich muss einen Experten fragen.

Jetzt kommt der Nicht-Autofahrerschutz

Seit einigen Jahren gilt in Deutschland der Nichtraucher-schutz. Er basiert auf der absoluten Trennung von Rau-chern und Nichtrauchern – zum Beispiel in Gaststätten. Dieses Prinzip halte ich für wegweisend und ausbaufähig, denn auch andere Gruppen bedürfen des Schutzes. Jähr-lich kommen Tausende Nicht-Autofahrer zu Tode oder zu Schaden. Das müsste nicht sein, wenn man die Regeln des Nichtraucherschutzes konsequent auf andere Bereiche übertragen würde. Und genau diesem Thema schenkt nunmehr jemand seine vollste Aufmerksamkeit.

Aloisius Dümpelmoser war schon seit gerau-mer Zeit Mitglied der bayerischen Grünen und hatte es vor einiger Zeit sogar in den Deutschen Bundestag geschafft, eine Leistung, von der niemand wusste, wie er sie zustande gebracht hatte, da sich seine Intelligenz in der Regel auf Tauchstation befand und es dort erstaunlich lange aushalten konnte. Wahrscheinlich war das auch der Grund, weshalb er bis heute gänzlich unbekannt war, ein Zustand, an dem er sehr litt. Zwar hatte er in der Vergangenheit einige interessante und viel-versprechende Arbeitsgruppen ins Leben gerufen – wie zum Beispiel die Gruppe „Überflüssige Vorha-ben und Verkomplizierung einfachster Vorgänge". Auch mit innovativen Ideen geizte er nicht. So for-derte er unter anderem, die Zugspitze abzutragen, damit die Gämsen nicht mehr so hoch klettern müssen und man einen besseren Blick nach Österreich hat. Diese Forderung fand in einem alle drei Jahre erscheinenden Anzeigenblatt immerhin einen fünfzeiligen Niederschlag auf der letzten Seite – in der Rubrik Humor. Doch nun hatte Dümpelmoser neue Ideen in seinem Kopf heranreifen lassen und wollte vollends ins Rampenlicht treten, um eine Popularität zu erlangen, die über seinen engsten Familienkreis hinaus reichte.

Zu diesem Zweck hatte sich Dümpelmoser mit seiner Pfeife und einem guten Tabak in sein sogenanntes Arbeitszimmer im Bundestag zurückgezogen, um nun endlich auch den Nicht-Autofahrerschutz ins Visier zu nehmen. Nachdem er die Pfeife unter Dampf gesetzt hatte, wurde ihm plötzlich gewahr, dass er ja auch manchmal Nichtraucher ist. Um sich selber zu schützen, legte er die Pfeife vor die Bürotür und sperrte den Bereich mit Schildern und Signalbändern weiträumig ab. Dann ging er wieder zurück, taktete seine Denkmurmel hoch und versuchte, einen Zugang zur Logik zu finden: Wenn Nichtraucher in Gaststätten durch die Aussperrung von Rauchern geschützt werden, dann, so dachte er, müssten auch Nicht-Autofahrer auf die gleiche Art und Weise geschützt werden. Schließlich kommen pro Jahr mehrere Tausend Radfahrer und Fußgänger durch Unfälle mit Autos zu Schaden. Es gab also Handlungsbedarf.

Dümpelmoder rief seine Sekretärin, Gesine Schnieders-Grabenheinrich-Patzke, zu sich herein, auf dass sie seine Gedanken aufschreiben möge.

„Alle Radwege müssen mindestens fünf Meter Abstand von Straßen haben", dekretierte er ihr in den Block. Überdies seien die Radwege mit dicken Mauern, deren Oberkante mit Stacheldraht versehen ist, zu schützen. „Sollte man an den Mauern nicht auch noch Selbstschuss-Anlagen aufbauen, die automatisch auf Autos schießen?", fragte Schnieders-Grabenheinrich-Patzke. Dümpelmoser dachte kurz über den Vorschlag nach, verwarf ihn dann jedoch. „Selbstschuss-Anlagen sind zu geräuschintensiv, Anwohner könnten sich beschweren." Außerdem könnten aus Versehen auch Kinder und Tiere getroffen werden, dass werde im Allgemeinen nicht so gerne gesehen und kontakariere den Tierschutz, der seiner Partei sehr am Herzen liege. Dann umzingelte eine weitere Idee den Kopf des Grünen-Abgeordneten. „Möglich ist es auch, die Wege zukünftig unterirdisch zu bauen, damit ein Kontakt mit Autos ausgeschlossen wird. Dass in den Nicht-autofahrer-Tunneln nicht geraucht werden darf, versteht sich von selbst", ließ er aus sich herausreden. An vielbefahrenen Straßen könnten zudem Kanäle gebaut werden, sodass die Radfahrer ihre Räder auf Schiffe verladen könnten, um mit ihnen ihr Ziel zu erreichen. „Die Schiffe könnten von Arbeitslosen gezogen werden, das schont auch die Umwelt", assistierte Schnieders-Grabenheinrich-Patzke.

Nun nahm Dümpelmoser die Fußgänger ins Visier, auch sie bedürfen dringend eines besseren Schutzes, dachte er bei sich. „Deshalb soll der Autoverkehr in die Kanalisation verbannt werden", diktierte er. Der verkehrsgerechte Ausbau derselben sei sicherlich eine schöne Arbeitsbeschaffungsmaßnahme. Man könne dort zum Beispiel Raucher einsetzen, die sich das Rauchen abgewöhnen wollen. Die würden durch die Arbeit abgelenkt und könnten ihr Verlangen vergessen. Analog zur Entscheidung des Bundesverfassungsgerichts, dass das Rauchverbot in Einraumkneipen mit einer Größe bis 75 Quadratmetern nicht gilt, dachte Dümpelmoser ferner darüber nach, das Autofahren nur noch auf kleinen Parkplätzen oder in Tiefgaragen zu erlauben, die maximal 75 Quadratmeter groß sind. Aber auch nur dann, wenn Nicht-Autofahrer unter 18 Jahre keinen Zutritt zu den Parkplätzen und Garagen haben. Außerdem müssten die Parkplätze mit hohen Mauern abgeschirmt werden und dürften nicht an Wegen liegen, die von Nicht-Autofahrern benutzt werden, auch nicht gelegentlich.

Tief beeindruckt von seinem eigenen Einfallsreichtum eilte Dümpelmoser zu seiner Parteivorsitzenden und Heiligkeit Karin Göring-Eckhardt, in der Hoffnung, dass ihm von ihr ein Lob ob seiner Ideen zuteilwerde. Diese gewährte dem Abgeordneten freundlicherweise eine Audienz, die Dümpelmoser nutzte, um seine Vorschläge zu präsentieren. Als er seinen Vortrag beendet hatte, sah ihn Göring-Eckhardt mit einer Mischung aus Mitleid und Verwunderung an: „Hast Du Dich schon mal gefragt, was das alles kostet?", fragte sie. „Äh, ja, aber es geht doch um Menschenleben. Deshalb haben wir doch auch den Nichtraucherschutz eingeführt. Wir müssen auch das Leben der Nicht-Autofahrer schützen", säuselte Dümpelmoser. „Lieber Aloisius", belehrte die große Vorsitzende den Abgeordneten, „der Nichtraucherschutz kostet uns doch nichts. Die Folgen müssen die Wirte tragen. Aber die Umsetzung Deines Konzeptes müssen wir bezahlen. Menschenleben sind uns nur wichtig, wenn wir es nicht bezahlen müssen. Ist das wirklich so schwer zu verstehen?" Entnervt schüttelte Göring-Eckhardt das, was sie für ihren Kopf hielt. Wie kann ein Abgeordneter nur so naiv sein, dachte sie sich.

Gott ist schuld

Als im Jahr 2015 viele Asylsuchende auf dem Weg nach Europa im Mittelmeer ertrunken sind, war in den Kreisen derer, die immer die richtige Meinung haben, der Schuldige schnell gefunden: Europa. Denn Europa hatte einfach die Grenzen nicht weit genug geöffnet und sich somit abgeschottet. Wir lernen: Wichtig ist es, Schuld zu verschieben. Der, der eine falsche Handlung begeht, ist nie schuld, sondern immer andere! Ein derartiges Argumentieren ist zwar unlogisch, aber es entspricht der politisch korrekten Ideologie. Selbige ist bekanntlich bei der Linkspartei und den Grünen besonders gut und in ausgeprägter Form unschwer zu entdecken, wie folgende beachtliche Diskussion zeigt.

Wieder mal hatten sich die Grüne Claudia Roth sowie Gregor Gysi von der Linkspartei zu einer ihrer legendären Diskussionen zusammengefunden. Roth schätzte den Linken, weil man sich in seiner Glatze so herrlich spiegeln und somit das Antlitz überprüfen konnte – Gysi hingegen vermutete bei Roth ein enormes intellektuelles Potenzial, von dem er hoffte, dass er es irgendwann entdecken würde.

„Gregor, ich denke gerade über ein Gesetz zum Verbot von Wohnungstüren nach", gestattete Roth einen Einblick in ihre Gedankenwelt.

„Über Wohnungstüren?" echote Gysi. Möglich, dass er heute ihren enormen Intellekt entdecken würde oder aber über die Anschaffung eines Hörgerätes nachdenken müsste. Roth ließ es sich nicht nehmen, dem knuddeligen Mann der Linkspartei die Ergebnisse ihres sogenannten Gehirns unverblümt in den Gehörgang zu pflanzen: „Wer eine Wohnungstür hat und sie beim Verlassen der Wohnung schließt und sogar abschließt, der schottet sich ab. Wenn nun ein Mensch oder eine Menschin in die Wohnung hinein will und sich beim Aufhebeln der Tür verletzt, hat der Wohnungseigentümer oder die Wohnungseigentümerin schuld. Davor möchte ich ihn oder sie bewahren."

Die Argumentation nötigte Gysi einen gewissen Respekt ab, wenngleich er jedoch auch Schwachpunkte im Gedankenkonstrukt der Grünen ausmachen konnte. „Könnte es aber nicht auch sein", sinnierte er, „dass der Hersteller der Tür vielleicht schuld ist?" Roth versuchte, über der Frage nachzudenken, eine Tätigkeit, die bei ihr immer mit enormen Anstrengungen verbunden war. Doch schlussendlich klappte es. „Ja, der ist auch schuld", konstatierte sie. Doch Gysi hatte nun noch eine weitere Idee, um Schuldige zu finden. „Es könnte doch auch der Architekt schuld sein, der die Haustür geplant hat." Roth gelang es nun überraschend mühelos, auf diesen intellektuellen Schnellzug aufzuspringen. „Dann werde ich auch ein Gesetz vorschlagen, dass es Architekten verbietet, Türen in Gebäuden zu planen. Und ein Gesetz, das den Bau, den Handel und sogar das Denken an Türen verbietet", flötete sie und zeigte ihr berühmtes Lächeln.

Nun waren die beiden Bevormundungspolitiker richtig in Fahrt gekommen, und die Suche nach Schuldhabern ging munter weiter. Gysi wollte unbedingt die weiteren geistigen Fähigkeiten von Roth ausloten. „Wenn ein Fußgänger bei Rot über die Ampel geht und überfahren wird, wer ist denn dann schuld?", begehrte er von der Grünen zu wissen. Roths Großhirnrinde hatte sich nunmehr bereits beachtlich warmgelaufen, sodass sie flugs einen Standpunkt aufsagen konnte: „Also erstens ist natürlich der Autofahrer schuld", plapperte es in Windeseile aus ihr heraus, „und zweitens der Hersteller des Autos, denn wenn die Firma das Auto nicht gebaut hätte, hätte es den Fußgänger ja auch nicht überfahren können. Drittens ist der Hersteller der Ampel schuld. Viertens der Stadtplaner, der die Ampel an der Stelle postiert hat und fünftens das Unternehmen, das die Straße gebaut hat."

Gysi hatte den leisen Verdacht, dass er heute endlich das gesamte intellektuelle Potenzial der grünen Spitzenpolitikerin kennenlernen durfte und zeigte sich tief beeindruckt. „Wenn Islamisten einem Menschen den Kopf abhacken, wem würdest Du dann die Schuld geben?", begehrte er nun von der Grünen zu wissen. Mit der Kopf-Abhack-Problematik hatte sich Roth in der Vergangenheit nur am Rande beschäftigt, was sicher auch daran lag, dass sie ihren eigenen Kopf als nicht so wichtig erachtete, diente er doch in erster Linie nur als Domizil für das, was sie Frisur nannte. Roths Gehirnzelle musste nun erhebliche Klimmzüge absolvieren, und ihre Augen erreichten tellergroße Ausmaße, doch dann entwich eine Antwort aus dem Gehege ihrer Zähne. „Nun, man müsste natürlich den Hersteller der Axt oder des Messers belangen", sinnierte sie. „Und selbstredend auch Gott", fuhr sie fort. „Gott???", echote Gysi. „Warum der denn?"

„Na ja, der liebe Gott hat den Menschinnen und Menschen ja den Kopf gegeben. Wenn er es nicht getan hätte, hätte man den Kopf auch nicht abschlagen können. Aber natürlich ist auch das Opfer schuld, es hätte ja den Kopf nicht da hinhalten müssen, wo die Axt runterkam. Die Welt ist groß, man hätte das Haupt auch woanders platzieren können."

Gysi schwebte fast zehn Zentimeter über seinem Stuhl vor lauter Glück – er wusste, dass er dem sagenumwogenen Intellekt der Grünen nun ganz nahe war. Als gelernter DDR-Jurist war er sich zwar nicht ganz klar darüber, wie man dem lieben Gott in einem solchen Fall eine Vorladung zur gerichtlichen Klärung zukommen lassen könnte, aber als Politiker wusste er auch, dass sich manche Dinge von selbst regeln, wenn man einfach gar nichts macht. Nun aber wollte er in Roths gesamten Intellekt hervorkitzeln: „Sag' mal, Claudia, wer ist denn eigentlich schuld an Hitler?" Auf diese Frage gab es zwei Antworten: Zum einen war an Hitler natürlich Sex schuld, denn wenn Hitlers Eltern keinen Sex gehabt hätten, wäre er ja gar nicht entstanden. Selbstredend wusste Roth, dass man so eine Antwort der Öffentlichkeit nur schwer vermitteln konnte. Deshalb ließ sie eine andere Antwort aus sich herausreden: „An

Hitler und den Nazis sind selbstredend wir schuld, wir Deutschen." Gerade in diesem Zusammenhang gierte Roth nach Schuld, sie lechzte geradezu danach, denn diese tief empfundene Schuld katapultierte sie auf einen moralischen Hochsitz, dessen Höhe Normalsterbliche vom Boden ihres niederen Intellekts nicht mehr ausmachen konnten. Dort oben fühlte sie sich wohl, und ihr Heiligenschein erleuchtete das Land.

Bei ihrem Gesprächspartner sorgte diese Erleuchtung für einen beeindruckenden Gedankensprung. „Mit dem Begriff der Schuld", hob er an, „ist immer auch das Wort ‚Strafe' verbunden", dozierte der sogenannte Jurist weiter. „Welche Strafe würdest Du denn als schuldige Deutsche akzeptieren? 500 000 Euro Geldstrafe oder ersatzweise fünf Jahre Haft?"

In Sekundenbruchteilen hatte Roth nicht nur ihren moralischen Hochsitz verlassen, sondern mit nahezu Schallgeschwindigkeit auch den Raum. Gysi war beglückt und hoch zufrieden, denn Roth hatte damit in Bestzeit die nahezu unglaubliche Größe ihres Intellekts gezeigt: Wenn es ernst wird, überlässt man es besser anderen, die Schuld zu haben.

PS: Wer ist eigentlich schuld an diesem Text? Der Erfinder des Computers oder der Tastatur? Vielleicht der Erfinder der Schriftsprache? Der Autor ist in jedem Fall unschuldig!

Kreativ sein – auch an ungeraden Tagen

In deutschen Gaststätten hat sich mittlerweile eine Ser-vice-Mentalität etabliert, die Ihresgleichen sucht. Gleich-wohl führt diese sogenannte Arbeitsauffassung zu er-staunlichen Ergebnissen – insbesondere im Verhalten der Gäste. Auch ich musste kürzlich völlig neue Wege bei der Bestellung eines Getränkes gehen.

Ein jeder kennt das: Man sitzt in einer Kneipe und hat ein Glas Bier vor sich stehen, welches sich merkwürdigerweise dem Leer-Zustand immer mehr annähert. Um diesen erschreckenden Umstand entgegen zu wirken, suchte ich den Blick der Bedienung, doch leider oblag es mir nicht, ihn zu finden. Es musste also andere Methoden geben, um auf mich und mein Begehr aufmerksam zu ma-chen.

Ich leitete also die nächste Eskalationsstufe ein und verfiel in ein heftiges Winken, was dazu führte, dass eine kleine Blumenvase, die auf meinem Tisch lo-gierte, lautstark vom Tisch fiel und ihre Einzelteile in beeindruckender Art und Weise darbot. Während ich diese aufhob, brachte die aufmerksame Bedie-nung eine neue Vase und verschwand, bevor ich meine Bergungsaktion beendet hatte und somit in Sachen Bier einen Wunsch äußern konnte.

Nun gut, solche Missgeschicke können passieren, eine neue Ich-bitte-um-Aufmerksamkeit-Aktion musste also ersonnen werden. Ich besann mich auf eine Fähigkeit, die ich als Kind gerne gezeigt hatte, und die immer ein großes Hallo hervorgerufen hatte: Es sah zwar zuerst etwas tapsig und ungelenk aus, aber schon nach mehreren Minuten und Versuchen hatte ich es geschafft, einen passablen Kopfstand auf dem Tisch zu präsentieren. Vereinzelt erschollen Bravo-Rufe, einige Gäste legten mir Geldbeträge in Höhe von durchaus mehreren Cent auf den Tisch, ein zufällig anwesender Zirkusdirektor offerierte mir ein Jobangebot. „Und wenn Sie auf den Füßen noch je ein Glas Bier nebst einer Blumenvase jonglieren, zahle ich Ihnen sogar noch ein Bier nach der Vorstellung", vergaß er nicht hinzuzufügen. Ein großartiger Mensch. Die Bedienung war derweil auf Klo und konnte meiner großartigen Aktion leider nicht ansichtig werden.

Schnell wurde mir nunmehr aber gewahr, dass normale Verhaltensweisen hier nicht unbedingt zum Erfolg führen würden. Da ich zufällig ein Springmesser dabei hatte, entschied ich, selbiges nun kraftvoll und effizient einzusetzen, um auf mich aufmerksam zu machen. Mit einem gezielten Wurf landete es mit der Spitze in einer Holzwand direkt neben der Bedienung – und mit tellergroßen Augen verfolgte ich die Reaktion: Die sogenannte Bedienung nutzte das Messer wieseflink und geistesgegenwärtig, um ihre Schürze daran aufzuhängen und sich eine neue mit der Aufschrift „Wir leben Service" umzubinden.

In meinem Bierglas hatte sich mittlerweile eine Trockenheit breit gemacht, gegen die die Sahara geradezu eine sprudelnde Quelle darstellt. Dieser

Umstand schrie geradezu nach neuen Maßnahmen, die ich notgedrungen aber beherzt einleitete. Mit Bierdeckeln, Servierten und der Tischdecke, deren Erscheinung ohnehin mein Auge lange genug beleidigt hatte, entfachte ich eine hübsches kleines Signalfeuer. Ein paar Getränkekarten vom Nachbartich sorgten dafür, dass aus dem kleinen Feuer schnell ein großes wurde, dessen Rauchentwicklung beeindruckende Ausmaße einnahm. Von draußen kamen Menschen, um sich die Hände an den Flammen zu wärmen, und auch ein Feuerwehrmann hatte sich an meinem Tisch eingefunden. „Lagerfeuer in geschlossenen Räumen werden nicht so gerne gesehen", informierte er mich über seine Sicht der Dinge. Ich gab zu bedenken, dass es nicht meinen Gewohnheiten entspreche, auf Kneipentischen Feuer zu entfachen, gleichwohl hätte ich keine andere Möglichkeit gesehen, auf mich aufmerksam zu machen. Durch die Rauchschwaden sah ich, wie die Bedienung die Heizung herunter drehte, womöglich war es, nicht zuletzt dank meiner kleinen Flammenzauberei, etwas zu warm geworden.

Der Feuerwehrmann gab mir dankenswerterweise noch einige wertvolle Tipps über Feuer in geschlossenen Räumen („Nach Möglichkeit vermeiden, besonders an ungeraden Tagen"), während die aufmerksame Bedienung es nicht versäumte, dem guten Mann ungefragt ein Bier auf den Tisch zu stellen. Wir erläuterten noch kurz die Gefahr von Bränden und waren uns einig, dass man selbige besser meiden sollte. Als die Flammen auf die anderen

Tische und sogar das ganze Gebäude übergriffen, hielten wir es für angebracht, nach draußen zu gehen. Dort angekommen gaben wir uns dem Anblick hin, wie die Kneipe bis auf die Grundmauern abbrannte.

Überraschenderweise hatte die Bedienung ein paar Flaschen Bier retten können, sodass sie den Gästen, die sich vor der Ruine versammelt hatten, eine Erfrischung angedeihen lassen konnte – und siehe da, es gelang ihr mühelos, mich und mein Ansinnen gekonnt zu übersehen. So zückte ich denn mein Smartphone, um im Internet nachzuschauen, ob sich denn nicht auf die Schnelle eine Bauanleitung für eine niedliche kleine Atombombe finden ließe. Man muss eben heutzutage kreativ sein – auch an ungeraden Tagen.

Meerschweinchen mit Kopftuch

Als im Jahr 2015 rund eine Million Flüchtlinge nach Deutschland kamen, liefen die grauen Zellen zahlreicher Gutmenschen zur Schlechtform auf. Besonders hervorgetan hatte sich Aydan Özoguz, die Bundesbeauftragte für Migration, Integration und Flüchtlinge. Im September 2015 präsentierte die SPD-Politikerin ein Strategiepapier für die Integration von Flüchtlingen – und offenbarte interessante Innenansichten von dem, was sie vermessen und überaus anmaßend Gehirn nennt. Auch andere Politiker brachten durchaus bemerkenswerte kabarettistische Einlassungen hervor.

Eines Morgens gewahrte ich am Frühstückstisch einen merkwürdigen Anblick: eine zitternde Zeitung. Den Grund dafür konnte ich bald ausmachen, es war meine Freundin Nini, die das Blatt in der Hand hielt und sich ebenfalls dem Zittern hingegeben hatte. „Frierst Du?", fragte ich. „Nein, ich bin wütend", antwortete die hübscheste Frau diesseits des Universums. „Warum?"

„Hör' Dir das mal an", sagte sie und zitierte aus dem Blatt: „Die Integrationsbeauftragte der Bundesregierung, Aydan Özoguz, hat ein Positionspapier zur Integration von Flüchtlingen vorgelegt. Unter anderem heißt es darin: ‚Wir stehen vor einem fundamentalen Wandel. Unsere Gesellschaft wird weiter vielfältiger werden, das wird auch anstrengend, mitunter schmerzhaft sein.' Das Zusammenleben müsse täglich neu ausgehandelt werden."

„Und warum regst Du Dich darüber so auf?", wollte ich wissen. „Was heißt das, dass das Zusammenleben täglich neu ausgehandelt werden muss?", bellte Nini. Ich versuchte, beruhigend auf sie einzuwirken. „Nun, man muss jetzt zum Beispiel täglich neu aushandeln, ob Mann und Frau wirklich gleichberechtigt sind. Das kann sich andauernd ändern."

Langsam begann die Wirkung meiner Aussage in Ninis Gehirn einzusickern. „Sind dann auch die Übergriffe von Ausländern auf Frauen in der Silvesternacht 2016 in Köln unter diesem Gesichtspunkt zu sehen?", fragte sie. „Genau. Sehr gut", lobte ich. „Damals ist eben über diese Frage nonverbal verhandelt worden – zum Nachteil der Frauen. Und für die war es dann ja auch teilweise schmerzhaft, wie Körtguz es in ihrem Positionspapier angekündigt hat."

„Die heißt Özoguz".

„Ja, sag' ich ja, Gützwütz."

„Muss jetzt auch täglich neu verhandelt werden, ob Männer den Frauen zur Begrüßung die Hand geben?", begehrte Nini zu wissen. „Das muss jeder Mann täglich neu entscheiden, aber auch hierbei könnte es zu interessanten Entwicklungen kommen", referierte ich. „Zum Beispiel muss auch darüber verhandelt werden, ob einem nach einem Diebstahl die Hand abgehackt wird oder nicht. Man könnte zu dem Ergebnis kommen, dass sie an geraden Tagen abgehackt wird, an ungeraden aber nicht. Wenn ein Mann keine Hand mehr hat, kann er sie Dir ja auch gar nicht mehr geben", führte ich weiter aus. „Oder aber er bewahrt seine abgehackte Hand auf und überreicht sie mir bei der Begrüßung, möglichst in einer Plastiktüte", nahm Nini den Faden auf. Wobei sie nicht vergaß, anzumerken, dass sie beim besten Willen nicht wisse, wo sie die Hand dann aufbewahren sollte.

Ein nachdenkliches Schweigen breitete sich zwischen uns aus, jedoch war es nur von kurzer Dauer. „Müssen wir auch jeden Tag aushandeln, ob Straftätern der Kopf abgeschlagen wird?", wollte Nini dann wissen. „Ja", antwortete ich, „wir werden sicherlich ein Ministerium einrichten müssen, in dem die Frage täglich erörtert werden muss." Da es in Deutschland zuhauf kopflose Politiker und Beamte gibt, werde es garantiert genug qualifiziertes Personal für das Ministerium geben. „Und die Herrschaften könnten sich auch gleich noch mit der Frage beschäftigen, in welchen Situationen eine zünftige Steinigung angemessen ist. Das muss schließlich auch jeden Tag neu ausgehandelt werden."

„Vielleicht sollte man Steinigungen grundsätzlich einführen, sonntags nach den Gottesdiensten zum Beispiel – als kulturelles Gegengewicht. Selbstredend sollten die eingesetzten Steine nicht zu hart sein", sinnierte Nini. Statt der Steine könne man ja möglicherweise auch Bücher von Margot Käßmann oder die Ordner mit den Reden von Claudia Roth oder Sigmar Gabriel benutzten. „Dann lieber Steine", merkte ich an. Schließlich müsse es auch zumindest ansatzweise human zugehen. „Das ist sicherlich auch im Sinne von Grötzkratz."

„Sie heißt Özoguz."

„Sag' ich ja, Güzkrampf."

„Was ist eigentlich mit den Juden?", begehrte Nini nun zu wissen. „Muss über das Zusammenleben von muslimischen Flüchtlingen und Juden auch täglich neu verhandelt werden?"

„Selbstverständlich", ließ ich mich im Brustton der Überzeugung vernehmen. „Man wird darüber nachdenken müssen, Synagogen täglich abzureißen und sie eventuell, je nach aktueller Verhandlungslage, woanders wieder aufstellen zu müssen. Natürlich nur dort, wo keine Flüchtlinge wohnen. Damit wird sicherlich auch Frau Wützgröz einverstanden sein."

„Özoguz ist ihr Name."

Ja genau, Özelwürz."

„Es könnte natürlich auch sein, dass bei den Verhandlungen rauskommt, dass Juden ausreisen müssen und am nächsten Tag wieder reindürfen", philosophierte Nini. „Das ist aber in Ordnung", entgegnete ich. Juden seien schließlich sehr reisefreudig, das habe man schon im Alten Testament gesehen. „Da sind die Juden ja aus Ägypten ausgereist und haben sogar das Rote Meer geteilt." Dann könnten sie ja auch die Nordsee teilen, um zum Beispiel nach England auswandern zu können, stellte Nini lakonisch fest. Natürlich müsse vorher mit dem Umweltminister gesprochen werden, ob das Teilen der

Nordsee aus umweltpolitischen Gesichtspunkten überhaupt ein verantwortungsvolles Vorgehen sei. Schließlich könnten Fische und Wattwürmer durch den Vorgang empfindlichen Störungen ausgesetzt sein.

„Meerschweinchen."

„Bitte?"

„Was ist mit den Meerschweinchen. Schweine gelten im Islam als unrein. Müssen Meerschweinchen jetzt damit rechnen, dass über ihr Dasein in Deutschland auch täglich neu verhandelt wird?", frage Nini. Die Frage nötigte mir Respekt ab, Nini war es offensichtlich gelungen, dem Thema intellektuell auf den Grund zu gehen. „Vielleicht könnten Meerschweinchen als Verhandlungsgegenstand ausgenommen werden, wenn sie einfach ein Kopftuch tragen", schlug ich vor. „Oder eine Burka."

„Die männlichen Tiere müssten natürlich ihrer Beschneidung zustimmen", offenbarte Nini einen neuen Aspekt. Ich dachte kurz darüber nach, ob man tote Meerschweinchen nicht auch bei Steinigungen einsetzen könnte, verwarf dann aber den Gedanken.

„Über die Meinungsfreiheit muss auch verhandelt werden", warf Nini ein. „Genau", erwiderte ich. „Aber nur mit denen, die die falsche Meinung haben."

„Richtig, wer zum Beispiel nicht der Ansicht ist, dass der Islam friedfertig und tolerant ist, der muss damit rechnen, mittels 50 Stockschlägen auf die Friedfertigkeit und Toleranz des Islams hingewiesen zu werden", schlug Nini vor. „Sehr gut", sagte ich,

„Frau Kratzkrötz hat ja auch gesagt, dass es schmerzhaft werden könne."

„Sie heißt Özoguz."

„Genau, Gutzukratz, meinte ich ja."

Mein Blick fiel nun auf die Zeitung, die Nini auf den Tisch gelegt hatte – und meine Augen saugten sich an einem überaus interessanten Artikel fest. „Hör' Dir das an", sagte ich und begann vorzulesen. „Der Präsident des Europaparlamentes, Martin Schulz (SPD), hat bei einer Veranstaltung in Brüssel gesagt, dass das, was die Flüchtlinge uns bringen, wertvoller als Gold sei. Die Flüchtlinge hätten den unbeirrbaren Glauben an Europa. Dieser Traum sei hierzulande verloren gegangen."

Wir ließen die Sätze tief auf uns einwirken. Nini war zuerst wieder in der Lage, ihre Stimme zu aktivieren. „Müssen wir jetzt auch über die Intelligenz von Martin Schulz jeden Tag neu verhandeln?"

„Das wird schwierig", entgegnete ich. „Wenn ein Verhandlungsgegenstand schlicht nicht vorhanden ist, kann man auch nicht über ihn verhandeln."

P.S.: Die Zitate der genannten Politiker sind echt. Der Autor verfügt nicht über genug Fantasie, um sie sich auszudenken.

Polizei auf neuen Wegen

Das schöne Wort „Innovation" wird in Bremen immer wieder und liebend gerne völlig neu definiert. Mit großer und beeindruckender Vehemenz widmet sich die rot-grüne Regierung des kleinsten Bundeslandes dieser Aufgabe. Im Frühjahr 2016 entließen die Politiker einen unschlagbar genialen Einfall aus ihrer sogenannten Großhirnrinde: Die Polizei sollte mehr Stellen bekommen – aber dafür müssten die Beamten mehr zu schnelle Autofahrer blitzen, damit das Geld für die Stellen hereinkommt. Die Polizei fing sofort an, diesen Vorschlag zu beherzigen, und sie erweiterte ihn sogar noch.

Polizeioberkommissar Norbert Niesenregen oblag es, an einem schönen Montagmorgen die Einsatzbesprechung der Bremer Polizei zu leiten. Bereits seit zwei Wochen hatten die Beamten die Vorgaben der mit unglaublicher Weisheit und göttlicher Eingebungskraft gesegneten Bremer Landesregierung umgesetzt. Halbtags-Polizeiunterkommissars-Anwärter Hubert Hupfauer konnte nunmehr erste Erfolge vermelden. „Die autofahrende Bevölkerung verhält sich äußerst kooperativ. Die innerörtliche Höchstgeschwindigkeit von 50 Stundenkilometern wird zu 100 Prozent nicht mehr eigehalten. Die Leute fahren teilweise bis zu Tempo 200, um geblitzt zu werden, damit Geld für unser Personal hereinkommt", konnte Hupfauer berichten. Ein Verkehrsteilnehmer sei sogar im Tiefflug mit seinem Propellerflugzeug innerorts extra an einem Blitzer vorbeigeflogen – mit Tempo 452. Niesenregen zeigte sich zufrieden mit diesen Ergebnissen. „Können wir die Aktion noch ausweiten?", wollte er wissen. Hupfauer war brillant vorbereitet: „Das ist bereits geschehen." Man habe in einer Spielstraße, in der bekanntermaßen nur Schrittgeschwindigkeit erlaubt ist, mehrere Kinder geblitzt, die mit ihren Kettcars, Bobbycars und Rollern unterwegs waren, auch eine Mutter mit ihrem Kinderwagen sei geblitzt worden – ebenso wie vier Rentner, die sich mit ihrem Rollator in teilweise unglaublichen Geschwindigkeiten fortbewegt haben. „Gegen Abend ist sogar noch eine Weinbergschnecke in die Radarfalle geraten", freute sich Hupfauer. Allerdings sei es den Polizisten schwergefallen, das Tier einzuholen, um ein Bußgeld in Empfang nehmen zu können. Nach mehreren Stunden sei es dann aber Gott sei Dank geglückt.

Eine tiefe Ergriffenheit nahm Besitz von Niesenregen, doch selbige hielt ihn nicht davon ab, neue Ideen zur Geldmaximierung zu ersinnen. „Wir wäre es", hob er an, „wenn wir dafür sorgen könnten, dass die Autofahrer mehr Alkohol trinken? Dann fahren sie nicht nur zu schnell, sondern wir können sie auch wegen Trunkenheit zur Verantwortung ziehen und entsprechende Bußgelder erheben."

„Eine derartige Aktion läuft bereits", konnte Hupfauer vermelden. Für jeden Stundenkilometer, den ein Autofahrer zu schnell gewesen sei, bekomme er einen halben Liter Korn ausgeschenkt, verbunden mit der Aufforderung gleich weiter zu fahren. Etwa 500 Meter weiter stünden dann der nächste Blitzer sowie Beamten mit einem Atemalkohol-Messgerät.

Mit der Kreativität seiner Mitarbeiter war Niesenregen mehr als zufrieden, jedoch befürchtete er, dass die durchgeführten Aktionen möglicherweise nicht ausreichen könnten, um genügend Penunzen zu generieren. „Was können wir noch tun?"

„Nun, es wird bereits noch mehr getan", referierte Hupfauer. Zum Beispiel sei die Hälfte der verfügbaren Polizisten damit beschäftigt, korrekt geparkte Autos in Halteverbotszonen zu tragen oder sie mittels eines Abschleppwagens in selbige zu befördern, um dann Bußgelder kassieren zu können. „Bei einigen Autos ist beim Transport die Alarmanlage angegangen, da haben wir vom Besitzer gleich noch ein Bußgeld wegen Lärmbelästigung in Verbindung mit Falschparken kassiert", berichtete Hupfauer stolz.

Nun wollte sich Niesenregen aber auch selbst ein Bild von der Arbeit seiner Kollegen vor Ort machen. Auf dem Weg zu einer beliebten Partymeile, wo die Polizei des Öfteren eingreifen musste, fuhr er vorsichtshalber mit Tempo 170 und wurde mehrmals geblitzt. Das rief in ihm das wohlige Gefühl hervor, abermals Geld für die Einstellung neuer Beamte gesichert zu haben. Am Ziel angekommen, konnte Niesenregen erleben, wie ein kompetenter Polizeieinsatz unter Maßgabe der neuen Regelungen aussah: Um zwei Menschen, die sich einer heftigen Prügelei hingaben, hatten sich mehrere Schaulustige postiert, die das Geschehen Bier trinkend verfolgten und obendrein Wetten auf den möglichen Sieger abschlossen. Die selbstredend ebenfalls anwesende Polizei hatte keine Zeit, die Prügelei zu beenden, die Beamten sahen es vielmehr als ihre Aufgabe an, von den Schaulustigen Bußgelder wegen verbotenem Wett- und Glückspiels zu kassieren – und Vergnügungssteuer.

Niesenregen war hoch zufrieden mit der Einsatzbereitschaft seiner Polizisten, auf dem Rückweg zu Revier (Tempo 205, dreimal geblitzt) musste er noch einmal kurz anhalten, um abermals Zeuge des verantwortungsvollen Vorgehens seiner Beamten zu werden: Ein sympathischer Islamist drohte, sich in die Luft zu sprengen. Zwei Polizisten hatten sich des guten Mannes angenommen. „Wenn Sie sich in die Luft sprengen, wird es viele Blutflecken geben, zudem liegen dann überall Gedärme und zerfetzte Gliedmaßen sowie Knochen herum. Das ist Umweltverschmutzung. Da Sie nach der Tat aller Voraussicht nach nur schwer ansprechbar sein werden, müssen wir von Ihnen schon jetzt ein Bußgeld in Höhe von 17,90 Euro wegen Umweltverschmutzung kassieren", sprach der eine Beamte. Und der zweite fügte hinzu: „Sie können gerne mit Kreditkarte zahlen."

Einige Tage später zeigte sich Niesenregen bei einer Konferenz mit seinen Beamten begeistert von deren Vorgehen. „Meine Damen und Herren, unsere Aktionen waren ein voller Erfolg. Und mehr noch – als eine Einheit kürzlich einen Einbruch aufnehmen wollte, musste ein Beamter abgezogen werden, weil er mangels Geld entlassen werden sollte. Gleichzeitig wurde jedoch wieder ein Autofahrer geblitzt, sodass der Kollege seinen Dienst fortsetzen konnte. Später stelle sich heraus, dass der geblitzte Autofahrer der Einbrecher war. Selbstredend haben wir ihn nicht verhaftet, da er uns als notorischer Schnellfahrer auch in Zukunft als zuverlässige Geldquelle dienen wird", freute sich Niesenregen. Die Polizei habe sich als wichtiger Faktor in der Wertschöpfungskette erwiesen.

Zum Abschluss der Konferenz sorgte der Praktikant Hans Hasenläufer noch für ungeahnte Erheiterung. „Wie wäre es denn", so Hasenläufer, „wenn die Bremer Politiker das Geld für ihre Stellen auch selbst verdienen müssten?" Eine Welle von Gelächter brach über den Praktikanten herein. Nach dem etwa zweistündigem Heiterkeits-Tsunami, sah sich Hupfauer in der Lage, dem Praktikanten eine Antwort zu präsentieren. „Mein lieber Herr Hasenläufer, das Tempo von Denkvorgängen in den sogenannten Gehirnzellen von Bremer Politikern ist überhaupt nicht messbar. Bis die eine Idee haben, wie sie Geld verdienen können, ist die Kontinentalverschiebung abgeschlossen. Und seien wir doch mal ehrlich: Durch Nichtstun wird doch viel Unheil verhindert, oder?"

Ohne Klobürste geht es nicht

Vor Einbrüchen und Diebstahl haben viele Menschen Angst. Das ist auf den ersten Blick verständlich, auf den zweiten nicht. Denn gegen Diebstahl gibt es ein probates Vorgehen. Es ist zwar nicht immer ganz einfach, weil man sich schon sehr überwinden muss, aber wenn man es erst mal konsequent angewendet hat, macht es unendlich viel Spaß.

Bist Du wahnsinnig geworden?", brüllte ich meine Freundin Nini an. Die hübscheste Frau diesseits des Universums stand in der Garage und zeigte sich unbeeindruckt von meinem Unmut. „Du wirst mir noch mal dankbar sein", war stattdessen von ihr zu vernehmen. Ich konnte mir immer noch nicht mal ansatzweise vorstellen, was in der Welt ihrer Gehirnzellen passiert war – sie hatte mein neues silbernes Fahrrad, welches rund 2500 Euro gekostet hat (mit 78 Gängen nebst WLAN sowie einer integrierten Mikrowelle und weiterem Hokuspokus) kackbraun angemalt und auch nicht vergessen, einige gelbe Farbtupfer in ihr Werk einfließen zu lassen. Eine bodenlose und abgrundtiefe Beleidigung jedes Auges, selbst Blinde würden mit Schallgeschwindigkeit das Weite suchen. „Was soll das?", begehrte ich zu wissen – und zwar in der Lautstärke eines startenden Jumbo-Jets.

Nini definierte den Begriff Ruhe völlig neu. „Denk' logisch", richtete sie gelassen das Wort an mich. „Dieses Fahrrad wird Dir doch sofort geklaut, wenn man es aber hässlich anmalt und ihm somit die Attraktivität nimmt, hast Du eine gute Chance, dass kein Dieb zugreift", ließ sie mich wissen und fügte ihrem Werk weitere gelbe Klekse zu. „Ent-Attraktivierung ist das Stichwort. Man muss Dinge für Diebe unattraktiv machen", flötete sie.

Ich konnte nicht verhehlen, dass Ninis Gedankengänge eine gewisse Logik beherbergten. Nini indes impfte noch mal nach. „Wir sollten auch das Vorderrad abschrauben, dann ist das Fahrrad nicht mehr zu gebrauchen", sinnierte sie. „Es könnte dann etwas schwierig sein, damit zu fahren", merkte ich an.

„Du nimmst Rahmen und Vorderrad in die Hand und gehst zu Fuß."

„Meinst Du nicht, dass der Sinn eines Fahrrades dadurch einen gewissen Schaden nimmt?"

„Mag sein, aber Du kannst Rahmen und Vorderrad ja auch ins Auto packen und dann mit dem Wagen fahren. Hauptsache, das Rad wird nicht geklaut", erlaubte Nini einen Einblick in ihre Gedankenwelt, die nun auch langsam von mir Besitz ergriff.

Im Wohnzimmer sprang der Fernseher – und zwar mir ins Auge. Das Gerät mit sagenhaften 1587 Speicherplätzen sowie einer ausklappbaren Duschkabine samt Seifenspender und einem Positronen-Mikroskop, dessen Funktion und Sinn uns beiden verborgen geblieben war, war nagelneu und verfügte über eine Mattscheibe von etwa drei Quadratmetern Größe. Somit war der Apparat für jeden Dieb interessant. Ich wies Nini auf diese Problematik hin, was sofort Aktivitäten ihrerseits nach sich zog. „Das haben wir gleich", sprach sie, griff zu einer Schere und zerkratzte überaus kunstvoll sowie sorgfältig und mit viel Hingabe den Bildschirm. Ich wollte mir nicht Tatenlosigkeit vorwerfen lassen und programmierte zur Abschreckung auf allen Kanälen einen nordkoreanischen Kindersender, bei dem 24 Stunden pro Tag der liebenswerte Diktator Kim Il Pipapo (oder so ähnlich) zu sehen war. Die Fernbedienung verbuddelten wir im Garten.

Die abendliche Rezeption des Fernsehprogramms war nun nur noch schwer durchführbar, weshalb wir uns auf Computerspiele verlegten – für genau viereinhalb Minuten. Denn dann fiel Nini auf, dass auch dieses Gerät in den Fokus von Dieben geraten könnte. „Unternimm endlich etwas", forderte sie mich auf. Flugs stellte ich meine Kompetenz in Sachen Ent-Attraktivierung unter Beweis – ich malte den PC-Bildschirm schwarz an, sodass man nichts mehr sehen konnte. Dann formatierte ich die Festplatte, baute sie aus und warf sie weg. Stattdessen baute ich eine Festplatte aus Styropor ein. Nini zeigte sich hochzufrieden.

Da nun auch der Computer als Mittel zur Freizeitgestaltung ausfiel, richteten wir unsere Aufmerksamkeit auf unsere rund 600 Bücher, die selbstredend auch in das Visier von Dieben geraten konnten. Deshalb rissen wir alle Seiten heraus und stellten nur noch die leeren Cover in die Schrankwand –

ein Buch der Ex-Bischöfin Margot Käßmann wurde dieser Prozedur jedoch nicht unterzogen, Nini und ich waren uns einig, dass dieses Werk sowieso niemand stehlen würde. Aber wir waren noch nicht am Ende unserer Ent-Attraktivierungsmaßnahmen.

„Die Stereo-Anlage", sagte Nini tonlos. Auch da müsse man was tun. Da ich gerne Musik an mein Trommelfell klopfen lasse, tat es mir in der Seele weh, der Anlage einen Schaden zuzufügen. Wir versteckten sie einfach hinter mehreren Büchern, die unserer Ent-Attraktivierungsmaßnahmen entkommen waren – unter anderem handelte es sich dabei um eine Biografie von Claudia Roth und um ein Werk von Sigmar Gabriel, welches ich mal angeschafft hatte, um es unter das Bein eines wackelnden Tisches zu legen. Vorsichtshalber nahmen wir uns noch die Lautsprecherboxen vor, aus einer machten wir eine Behausung für Kaninchen, obwohl wir gar keines unser Eigen nannten, die andere wurde zu einem Blumenkasten umfunktioniert. Damit niemand die Blumen klaut, haben wir dort Löwenzahn eingepflanzt – und eine fleischfressende Pflanze, die mich mehrmals attackierte.

In den nächsten Tagen widmeten wir uns voll und ganz unseren Maßnahmen, was dazu führte, das wir kaum noch funktionierenden Gegenständen in unserer Wohnung ein Domizil anboten. Insbesondere Nini leistete ganze Arbeit und schreckte auch vor Kleinigkeiten nicht zurück. So kam es, dass ich eines Morgens im Badezimmer einer Klobürste ansichtig wurde, deren Existenz nur noch aus dem Stil bestand. „Ich habe die Borsten mit Deinem Rasierapparat entfernt", setzte mich Nini von ihrer Tat in Kenntnis. Ich hingegen war der Ansicht, dass ein Haushalt eine funktionierende Klobürste aufweisen müsse. Deshalb packte ich mein Fahrrad ins Auto und suchte den nächsten Klobürsten-Händler auf. Ich erstand ein neues und durchaus leistungsfähiges Modell – als ich wieder in mein Auto steigen wollte, stellte ich fest, dass es geklaut worden war. Nini und ich kamen überein, zukünftig nach dem Abstellen des Autos die Reifen aufzuschlitzen, sie abzumontieren und sie zum Einkaufen mitzunehmen. Überdies, so unsere weitere Überlegung, sollten wir beim Verlassen des Wagens grundsätzlich Feuer im Innenraum legen.

Wie man Hitler wieder gutmacht

Als Journalist gehört das Lesen von Tageszeitungen zu meinem täglich' Brot. Dabei ist für mich nicht nur der redaktionelle Teil von Interesse, gerne lasse ich meine Augen auch über die Leserbriefe gleiten, denn dort ist Volkes Stimme zu vernehmen. Manchmal stehen da sehr kluge Sachen, manchmal sehr dumme. Gegen Ende des Jahres 2015 habe ich in einer überregionalen Tageszeitung einen Leserbrief entdeckt, bei dem ich nicht wusste, ob er dumm oder klug ist.

Wir sollten froh sein, dass so viele Flüchtlinge zu uns nach Deutschland kommen, denn indem wir sie aufnehmen, können wir unsere Geschichte ein Stück weit wieder gutmachen", las ich meiner Freundin Nini beim Frühstück aus der Leserbriefspalte einer Zeitung vor. Die hübscheste Frau diesseits des Universums unterbrach kurz ihren Kauvorgang, setzte ihn dann aber beherzt fort, bevor er erneut zum Stillstand gebracht wurde und große porzellanblaue Augen auf mir ruhten. „Hä?", schallte es von der anderen Seite des Tisches herüber.

Ninis Denkmurmel war offensichtlich noch nicht richtig hochgefahren, sodass ich die erstaunliche Kernaussage des Leserbriefes noch einmal mit anderen Worten wiedergab: „Wenn wir Flüchtlinge aufnehmen, können wir die Verbrechen im Zweiten Weltkrieg und Hitler wieder gutmachen", sprach ich. Nun zeitigten meine Worte Wirkung. „Wie viele Flüchtlinge würden denn wie viel Prozent der Vergangenheit wieder gut machen?", begehrte sie zu wissen. Eine berechtigte Frage, zu deren Beantwortung ich mich nicht in der Lage sah, weshalb ich eine verbale Nebelkerze zündete. „Du siehst das zu akademisch."

„Gut, dann frage ich anders", ließ sie nun wissen, „wäre es möglich, dass 200 000 Flüchtlinge den Angriff auf die Sowjetunion kompensieren könnten?" Schon wieder eine berechtigte Frage. Ich versprach, darüber nachzudenken. Nini hingegen ließ ihre Turbinen nun richtig hochdrehen.

„Es ist ja auch die Frage, welche Flüchtlinge unsere Vergangenheit wieder gutmachen. Was ist, wenn zum Beispiel Österreicher zu uns fliehen würden – aus welchen Gründen auch immer?"

„Nein, Österreicher funktionieren nicht, wegen Hitler", entgegnete ich, „der war ja auch Österreicher. Nein, das würde uns gar nichts bringen, der Österreicher ist zur Kompensation der deutschen Schuld ungeeignet", war ich überzeugt.

„Und was wäre, wenn wir sie an der Grenze einfach abweisen oder sogar erschießen würden?"

Mir schienen derlei Vorhaben nur wenig geeignet und somit nicht direkt zielführend. Zur Abwechslung brachte ich einfach mal Spanier ins Gespräch. „Unmöglich", parierte Nini. „Die gehen auch nicht, wegen Franco." Das leuchtete mir sofort ein. Wie oberflächlich man doch sein kann. Nini begann nun, das Prinzip auf eine andere Ebene zu verfrachten.

„Wie viele Flüchtlinge müssten eigentlich die USA aufnehmen, um die Sklaverei wieder gut zu machen?", stellte sie in den Raum. Ich wurde mittlerweile deutlich mutiger bei dieser Diskussion und warf einfach mal die Zahl drei Millionen in den Ring. „Es müssten aber natürlich schwarze Flüchtlinge sein", betonte ich. „Und wenn die Russen Stalin wieder gutmachen wollen, brauchen sie mindestens vier Millionen Flüchtlinge, die aber keine Kommunisten sein dürfen", schob ich gleich noch nach. „Sicherheitshalber müssten die dann aus dem Vatikan kommen", sinnierte Nini. Wir waren uns einig, dass auch China zur Kompensation seiner Kulturrevolution mit mehreren Millionen Toten einige Millionen Flüchtlinge aufnehmen sollte. Dann zog ich mich in ein dumpfes Grübeln zurück, welches bei Nini aber wie ein geistiger Brandbeschleuniger wirkte. „Man könnte versuchen, zwei Fliegen mit einer Klappe zu schlagen. Wenn Deutschland beispielsweise Eskimos als Flüchtlinge aufnehmen würde, könnten wir gleichzeitig den Zweiten Weltkrieg und unsere Klimaschuld wieder gutmachen", sprudelte es aus ihr heraus. Ein Vorschlag, dem ich die Logik nicht absprechen konnte, weshalb ich ihn flugs erweiterte. „Eisbären", rief ich aus, „einwandernde Eisbären könnten unsere Klimaschuld auch wettmachen."

„Es könnte aber schwierig sein, die Tiere in unsere Gesellschaft zu integrieren", dämpfte Nini meinen Enthusiasmus, den ich mir aber partout nicht nehmen lassen wollte. „Es gehört zu unserer Identität,

Großes zu leisten", merkte ich an. Ob der Satz von Hitler sei, wurde ich nunmehr von der anderen Seite des Tisches gefragt und misstrauisch beäugt. „Nein, von Bundeskanzlerin Angela Merkel", posaunte ich und sorgte damit für ehrfurchtsvolles Schweigen.

Unser gemeinsames Schweigen empfand ich als sehr erholsam, es wurde aber auch immer lauter und gipfelte schlussendlich in einer Frage, die die schönste Frau diesseits des Universums formulierte: „Gibt es eigentlich genug Flüchtlinge, damit alle Länder ihre historische Schuld begleichen können?"

„Zur Not müsste man die Menschen eben einfach vertreiben, oder jemand müsste einen Krieg anfangen, damit die Leute flüchten", entgegnete ich. Nini nannte abschließend noch eine Feststellung ihr Eigen. „Ich finde es egoistisch, wenn wir Flüchtlinge für unseren Schuld-Abbau benutzen."

Ich versuchte, ihr zu widersprechen – jedoch versagte ich grandios bei diesem Vorhaben.

Hamster bei der Bundeswehr

Die Bundeswehr ist dazu da, Angreifer an der Grenze so lange aufzuhalten, bis Militär eintrifft. Aber selbst das klappt jetzt nicht mehr. Als im Jahr 1989 die Mauer fiel und der ruhmreiche Sozialismus den Gang in seinen eindrucksvoll verdienten Ruhestand antrat, hatte die Bundesregierung angefangen, die Bundeswehr kaputt zu sparen, sodass sie den Titel „Stahlgewordener Pazifismus" nicht zu Unrecht in Anspruch nehmen konnte. Nun hat sich der Wehrbeauftragte der Bundesregierung, Friedbert Peng, einen Eindruck von seiner Truppe verschafft.

W as sind das für rote Punkte auf den Panzern dort?", wollte Friedbert Peng bei seiner Inspektion vom diensthabenden Offizier wissen. „Das sind die Feinstaubplaketten, unsere Panzer haben leider nur die roten bekommen und dürfen deshalb im Krieg nicht in Innenstädte vorrücken", antwortete der Kommandant Rudolf Rums, der dem Wehrbeauftragten während seines Besuches mit Informationen zur Seite stand. „Haben alle unsere Panzer nur die roten Plaketten?", fragte Peng. „Ja, alle fünf", ließ sich Rums vernehmen. Deshalb müssten für die Panzer auch höhere Kfz-Steuern gezahlt werden. „Sollten wir im Ernstfall mit ihnen auf ausländisches Gebiet kommen, so ist die dortige Regierung angehalten, die Steuer einzuziehen", erläuterte Rums die Situation.

Der Wehrbeauftragte zeigte sich tief beeindruckt von derartig präzisen Planungen. „Und warum ist der Buchstabe ‚R' bei zwei Panzern auf den Turm gemalt?", begehrte er zu erfahren. Rums war um eine Antwort nicht verlegen: „Das zeigt, dass es sich hierbei um einen Raucherpanzer handelt."

„Wie bitte?"

„Ja, die Drogenbeauftragte der Bundesregierung hat festgestellt, dass nach dem Einschlag einer gegnerischen Granate die Schadstoffkonzentration im Innenraum schon hoch genug sei. Deshalb müsse nicht auch noch zusätzlich geraucht werden – es sei denn, der Panzer verfügt über einen extra Raucherraum mit Lüftung. Dann ist der Konsum von Leichtzigaretten nach 18 Uhr erlaubt", erklärte Rums. „Vorausgesetzt, die entsprechenden Fahrzeuge sind mit einem ‚R' gekennzeichnet", fügte er hinzu. Peng umrundete die furchteinflößende Panzermacht, wobei ihm eine weitere Auffälligkeit ins Gesicht sprang. „Wozu sind denn die drei unterschiedlichen Plastiktonnen an der Hinterseite?"

„Mülltrennung", sagte Rums lapidar.

Nur wenige Meter weiter hatte Rums eine schier unübersichtliche Menge von Schützenpanzerwagen auffahren lassen – immerhin drei an der Zahl. Peng warf einen Blick auf die Armada und legte die Stirn in Falten. „Was sind das da für Holzstöcke, die an der Seite befestigt sind?", begehrte er zu erfahren. „Das sind Besenstile, Herr Wehrbeauftragter. Bei Übungen montieren wir sie am Turm und simulieren damit die Kanone. Die Stile sind übrigens aus nachwachsendem Weidenholz und unbehandelt und somit auch unbedenklich für Allergiker."

„Interessant, und was sind das für runde Dinger an den Außenwänden?"

„Nun, das sind handelsübliche Bratpfannen. Sie sind deutlich billiger als die normale Panzerung. Und außerdem können sich die Jungs damit zwischendurch schnell mal was zu essen machen", informierte Rums den Wehrbeauftragten.

Peng nahm nun die Munitionskammer in Augenschein und griff in eine Kiste, in der sich laut Aufschrift Handgranaten befinden sollten. Er staunte nicht schlecht, als er ein Überraschungsei hervorzauberte. „Die sind billiger als Handgranaten – und sie machen auch nicht so viel Lärm. Wir kommen damit den aktuellen Lärmschutzbestimmungen nach", erklärte Rums. „Das mag sein, aber wie ist die Mann-Stopp-Wirkung?", wollte Peng wissen. „Grandios, die gegnerischen Soldaten beschäftigen sich leidenschaftlich mit dem Inhalt und sind deshalb so abgelenkt, dass wir sie mühelos überwältigen können. Wenn sie zudem auch noch die ganze Schokolade essen, bekommen sie einen Zuckerschock", erläuterte Rums die bahnbrechende Wirkung dieser Waffe. In einer anderen Kiste, die eigentlich Nachtsichtgeräte beherbergen sollte, fand Peng Taucherbrillen. „Warum sind hier keine Nachtsichtgeräte drin?", wollte er wissen. „Nun, die Geräte sind ja viel zu teuer, Taucherbrillen sind deutlich günstiger und sehen fast wie Nachtsichtgeräte aus, und wir können auch im Dunkeln damit tauchen", erklärte Rums. „Sollte der Krieg tagsüber beginnen, warten wir, bis es dunkel wird und tauchen dann zum Gegner", fügte er hinzu.

Am nächsten Tag stattete Peng der Marine einen Besuch ab. Im Hafen fand er immerhin exakt eine Fregatte, deren Kapitän Helmut Hochwasser ihm Rede und Antwort stand. Auf dem Achterdeck entdeckte Peng jede Menge Kisten. „Was ist da drin?"

„Nun, darin befindet sich unser Vorrat an Goldhamstern und Hamsterrädern. Wir nutzen die Tiere für den Antrieb des Schiffes. Das ist CO_2-neutral und klimafreundlich, und die Tiere brauchen auch keine Feinstaubplakette", ließ Hochwasser wissen.

„Wie sieht es mit der Munition aus, haben Sie genug davon?", fragte Peng.

„Ja, wir nehmen einfach die Hamster, die zu erschöpft sind, um weiter für den Antrieb zu sorgen. Wenn die alle sind, verwenden wir Fotos der Bundeskanzlerin als Munition."

„Wirklich? Verstößt das nicht gegen internationales Recht? Ich werde das mal klären", sagte Peng und wies auf ein paar übergroße Lautsprecher, die außenbords installiert waren. „Wozu sind die da?"

„Eine furchteinflößende Waffe", antwortete Hochwasser. „Wenn der Hamster- und Kanzlerinnenbilderbeschuss keine Wirkung beim Gegner zeigt, beschallen wir ihn mit sogenannter Musik von Jürgen Drews oder alten Reden von Edmund Stoiber", erklärte er stolz.

Nun musste Peng noch der Luftwaffe einen Besuch abstatten. Kommandant Wolbert Wohlfromm begrüßte Peng und führte ihn zum Flugfeld, wo man gemeinsam dem Flugverkehr beiwohnen wollte. Der gestaltete sich jedoch recht übersichtlich, keine Maschine hatte den Weg in die Luft gefunden. „Das liegt daran, dass die Praktikanten noch nicht fit genug sind. Aber in ein paar Jahren werden sie die Piloten sicherlich ersetzen können", erklärte Wohlfromm.

„Praktikanten???", echote Peng.

„Ja, wir setzen aus Kostengründen Praktikanten ein, in Kürze werden wir auch Schülerpraktikanten beschäftigen, sie sollen die Flugzeuge dann anschieben und auf die Startgeschwindigkeit bringen, das spart Sprit." Peng trat an eines der drei Flugzeuge heran. „Was sind denn das für Kästen, die draußen anmontiert sind?", fragte er. „Nun, das sind Vogelkäfige. In ihnen halten wir Brieftauben und Papageien zur Nachrichtenübermittlung. Funkgeräte sind schließlich teuer", erklärte Wohlfromm mit stolzgeschwellter Brust. „Die Papageien müssen aber noch Deutsch lernen, sie stammen aus Südamerika", fügte er hinzu.

Peng hatte genug gesehen und den nicht unmaßgeblichen Eindruck gewonnen, dass das Sparen bei den Streitkräften möglicherweise ein wenig zu ernst genommen wurde. Mit dieser Erkenntnis im Kopf besorgte er sich einen Termin bei der Bundeskanzlerin. Nach einer mehrstündigen, teils hitzig geführten Diskussion, zeigte sich die Regierungschefin bereit, das Spardiktat großzügig zu lockern. „Gut, Sie haben mich überzeugt", war von ihr zu hören, „wir erhöhen die Nahrungsmittelrationen für die Hamster um 16,83 Prozent."

Schockbilder auch auf Stimmzetteln

Seit Mitte des Jahres 2016 müssen auf Zigarettenschachteln Schockbilder zu finden sein. Sie sollen Raucher vom Griff zum Glimmstengel abhalten. Eine grandiose Idee, denn der Mensch ist eben ein Augentier. Schockbilder vereinfachen die Kommunikation und die Verständlichkeit von komplexen Sachverhalten. Deshalb sollen die Bilder zukünftig eine größere Rolle spielen – zum Beispiel bei der katholischen Kirche.

Meine Freundin Nini und ich haben es uns angewöhnt, des Morgens die Lektüre einer Zeitung auf uns einwirken zu lassen – auch wenn es nicht immer ganz einfach ist, angesichts der Nachrichtenlage. Doch an diesem Morgen hatten wir dank des Themas „Schockbilder" eine anregende Unterhaltung.

„Hör' Dir das an", sprach die hübscheste Frau diesseits des Universums und schickte sich an, einen Artikel vorzulesen. „Walter Wasserdrücker vom Vorstand des Bundesverbandes der Verbraucherzentralen fand in Berlin klare Worte für Schockbilder: ‚Die Bürger müssen bei Wahlen wissen, wer da auf sie zukommt', erklärte Wasserdrücker. ‚Auf den Stimmzetteln soll deshalb neben jeder Partei auch das Bild des jeweiligen Abgeordneten mit einer roten Pappnase zu sehen sein'. Das gleiche Prinzip will Wasserdrücker zudem bei den Wahlplakaten verwirklicht sehen. Doch damit lief er bei der SPD gegen eine Wand. ,Wir drucken schon lange Schockbilder auf unsere Plakate. Schließlich war ich ja auch auf vielen Plakaten abgebildet', so SPD-Parteichef Sigmar Gabriel. Die Abschreckung mit Schockbildern sei bisher durchaus erfolgreich. ,Wir haben zurzeit die niedrigsten Umfragewerte seit Jahren', resümierte Gabriel, der gleichzeitig einen Angriff auf die CDU startete. Die Christdemokraten, so Gabriel, müssten endlich aufhören diese Frau, an deren Namen er sich nicht mehr erinnern könne, zu plakatieren. ,Auch wenn sie angeblich Kanzlerin ist.'"

„Ich finde es richtig, dass auch die Parteien Schockbilder verwenden sollen", tat ich kund. „Aber die Bilder sind deutlich schlimmer als die auf den Zigarettenschachteln", stellte Nini fest. Mit Blick auf die Folgen von manchen Entscheidungen von Politkern sei das jedoch auch gerechtfertigt, erlaubte ich mir anzumerken und fügte hinzu: „Man könnte auch Fotos von Regenwürmern auf die Wahlzettel drucken."

„Regenwürmer?"

„Ja, in Mecklenburg-Vorpommern wurden in einer Stadt im Jahr 2009 rund 200 000 Regenwürmer angeschafft, sie sollten den Boden eines Fußballplatzes auflockern und haben etwa 7000 Euro gekostet. Da sie ihrer Tätigkeit nicht mit dem nötigen Ernst nachgingen, sollten sie umgesiedelt werden. Kostenpunkt: rund 20 000 Euro", erklärte ich. „Ja, damit hat der Regenwurm einen Platz auf den Wahlzetteln verdient", sagte Nini und schraubte die Thematik in neue Höhen: „Eigentlich müssten auch Sportvereine in ihrer Werbung Schockbilder einsetzen. Ein Ruderverein könnte mit dem schönen Bild eines Ertrunkenen auf die Gefahren des Sports aufmerksam machen", sinnierte sie. Und auch das Foto eines sauber gebrochenen Knochens dürfe bei der Werbung für Ski-Clubs nicht fehlen, ließ sie noch wissen, bevor sie weiter aus der Zeitung rezitierte. „Unterdessen verpflichteten sich die Zoos in Deutschland, mit eindeutigen Bildern auf die Gefahren eines Besuches hinzuweisen. ‚Wir haben ein schönes Foto von einem kleinen Kind, das von einem Löwen zerfetzt wurde. Das kommt jetzt auf unsere Plakate', erklärte ein Sprecher des Zoos in Hannover. Da auch Ex-Kanzler Gerhard Schröder (SPD) den Zoo oft besuche, soll sein Konterfei ebenfalls auf den Eintrittskarten zu sehen sein, und zwar direkt neben einem Gorilla, der gerade einem Mädchen die Haare ausreißt."

„Das geht zu weit, das ist eine glasklare Diskriminierung des Gorillas", rief ich aus. Es sei dem Tier nicht zuzumuten, neben Schröder auf den Eintrittskarten aufzutauchen. „Die Tiere haben aufgrund ihres Aussehens schon genug zu leiden, oder hast Du jemals gehört, dass ein Gorilla zum SPD-Kanzlerkandidaten gewählt wurde?" Allerdings, so dachte ich bei mir, könne das auch daran liegen, dass den Tieren eine gewisse Intelligenz nicht abzusprechen sei.

Nini ließ sich von meinen Ausführungen nicht irritieren, sondern rezitierte weiter aus der Zeitung.

„Einzig bei Reiseunternehmen stoßen die Forderungen nach abschreckenden Bildern auf einen gewissen Vorbehalt. Die Lufthansa weigerte sich strikt, auf ihren Tickets Bilder von abstürzenden Flugzeugen und verbrannten Menschen abzubilden. Auch der Chef der Deutschen Bahn äußerte sich ablehnend: ‚Wir haben zwar schöne Bilder von fast erfrorenen und wartenden Fahrgästen sowie von streikenden Lokführern, aber diese Bilder sind in unserer Zentrale in Frankfurt gelagert. Es würde zu lange dauern, sie mit der Bahn zu einer Werbeagentur zu bringen.‘ Eine gewisse Zustimmung für den Einsatz von Schockbildern signalisierte eine Sprecherin der Cunard-Reederei, die unter anderem die ‚Queen Mary 2‘ betreibt. Sie könne sich durchaus vorstellen, das Bild der untergehenden Titanic auf die Fahrkarten zu drucken. ‚Natürlich ist es auch möglich, den Fahrgästen vor Fahrtantritt den Titanic-Film vorzuführen und die Szene, in der das Schiff durchbricht, fünfmal hintereinander zu zeigen.‘“

„Ist das nicht schön?“, flötete Nini. „Beeindruckend“, pflichte ich ihr bei, bevor sie wieder zur Zeitung griff, um den Rest des Artikels vorzulesen. „Auf uneingeschränkte Zustimmung stieß die Idee der abschreckenden Bilder bei der katholischen Kirche. Im Rahmen einer Kampagne zur Sexualmoral brachte das Kölner Erzbistum eine Broschüre heraus. Gleich auf der dritten Seite lässt sich ein Foto von der sogenannten Arbeitsministerin Andrea Nahles (SPD) finden – zur Verhütung der Onanie bei jungen Männern.“

Über den Autor

Mit dem vorliegende Buch hat Markus Tönnishoff nach „Wenn der Affe sich schnäuzt, klingelt die Kasse" seinen zweiten Satire-Band vorgelegt. Tönnishoff wurde 1965 in Bremen geboren und ist als Redakteur bei einer norddeutschen Tageszeitung tätig. Als solcher hat er bereits zahlreiche Glossen und humoristische Texte für das Blatt verfasst, auch Satiren für „Welt Online" stammen aus seiner Feder – zudem war er mit den Ergebnissen seiner überaus leistungsfähigen Großhirnrinde in der „Berliner Zeitung" präsent. Tönnishoff hat Politikwissenschaft studiert und wundert sich heute noch darüber, dass trotzdem etwas aus ihm geworden ist. In seiner Freizeit beschäftigt sich der Autor gerne mit Mumpitz jeglicher Art. Nach dem Verfassen des vorliegenden Buches hat Tönnishoff sich wieselflink und auf Schärfste vom selbigen distanziert.

FSC
www.fsc.org
MIX
Papier | Fördert
gute Waldnutzung
FSC® C083411

Zeitfracht Medien GmbH
Ferdinand-Jühlke-Straße 7
99095 Erfurt, Deutschland
produktsicherheit@kolibri360.de